KNAUR

Über den Autor:

Patrick Salmen ist Lyrik- und Prosaautor, Slam-Poet und Kabarettist. 2010 wurde er deutschsprachiger Meister im Poetry Slam. Im Folgejahr gelang es ihm, den Vizemeistertitel einzuheimsen. Sein Buchdebüt veröffentlichte er 2011 mit der Kurzgeschichtensammlung *Distanzen.* Es folgten *Tabakblätter und Fallschirmspringer* und *Das bisschen Schönheit werden wir nicht mehr los.* Wenn er mal nicht in ganz Deutschland auf Tour ist, lebt und arbeitet er in Dortmund. Ob mit seinen Soloprogrammen unterwegs, auf Lesebühnen oder auf Slams, er begeistert ein stetig wachsendes Publikum. Patrick Salmen muss man live erleben. Die aktuellen Tourdaten sowie weitere Informationen finden Sie unter: www.patricksalmen.de

Patrick Salmen

Ich habe eine Axt

Urlaub in den Misantropen

KNAUR

Der Abdruck des Cartoons auf S. 132 erfolgt mit
freundlicher Genehmigung von Tom Gauld, www.tomgauld.com
Copyright Cartoon »Shortstory« © Tom Gauld
Der Abdruck der Karikatur auf S. 223 erfolgt mit
freundlicher Genehmigung von Christoh Fuchs, www.lephyx.com
Copyright Karikatur »Ich habe eine Axt« © Christoph Fuchs

Besuchen Sie uns im Internet:
www.knaur.de

FSC www.fsc.org MIX Papier aus verantwortungsvollen Quellen FSC® C083411

Originalausgabe April 2014
Knaur Taschenbuch

Umschlaggestaltung: ZERO Werbeagentur, München
Umschlagabbildung: Fabian Stürtz
Katzenabbildung: Brand-X-Pictures
Satz: Adobe InDesign im Verlag
Druck und Bindung: CPI books GmbH, Leck
ISBN 978-3-426-51558-7

5 7 8 6 4

Inhalt

Brigitte 12
Unter der Brücke entsteht die Zwönitz 21
Rostrotkupferbraunfastbronze 28
Kirmesromantiker.................................. 33
Die Rückkehr vom Kettensägenmann 37
Freundschaftsdienste 42
Gescheiterte Invasionen........................... 47
Katzenbabys und Riesenanakondas 53
Eine kleine Ouvertüre der Belanglosigkeit 59
Flirtgötter... 63
Von Kindern und Rasenmähern.
Oder: Die Ästhetik des Aktenvernichtens 69
Aufzeichnungen eines Griesgrams 75
Die Empfindsamkeit litauischer Lastwagenfahrer
beim Verladeakt.................................... 80
Die unvergängliche Leichtigkeit der Jogginghose 87
Morgenstund hat Schrot im Mund 96
Das Vermächtnis von Örnsköldsvik 101
Lyrik und Luftflottenkriege...................... 106
Kannste nicht reingucken 110
Die Eleganz des Birnbaums....................... 116
Die kurze Geschichte von einem
Stoffschimpansen, Friedrich Nietzsche und
dem Fährmann Charon. Und Weihnachten. 122
Tomate-Mozzarella................................. 150
Das Kohlenhydrat-Gesicht 156

Euphorie! Euphorie! 164
Senseo – die Ästhetik des Verfalls 169
Hugh Grant, der auf Seekühe starrt 174
Im Schatten der Sonne der Sehnsucht 179
Das Diktat der Gesundheit 184
Entschuldigung, Sie haben da etwas Würde verloren 190
Der Linkshändler von Cluj-Napoca 194
C'est la vie, Lethargie 199
Erkenntnisse des Lebens 204
Armut als Chance 210
Menschen! Menschen! Menschen! 217

Für Xerxes

»Wenn Sie sich in der Wüste verlaufen,
orientieren Sie sich an den Kakteen.
Ihre Spitze zeigt immer nach oben.«

Sascha Thamm

Liebe/r __________ (bitte Namen eintragen), schönen guten Tag. Salmen mein Name. Es ist mir ein inneres Gänseblümchen. Ich selbst sehe mich als quickfidelen Philanthropen. Echt jetzt. Menschen sind großartig. Die Kreativen, die Sudoku-Löser, die Jogger, die Esoteriker, die Frühaufsteher, die guten Verlierer, die Wischtechnikstreicher, die Senseo-Trinker, die Glückskeksknacker, die Coelho-Leser, die Kirmesbesucher, die Hobbyfotografen und die Babys in Blumentöpfen. Nicht. Aber mit Soziopathie und Verbitterung lässt sich schlecht werben. Und am Ende siegt ohnehin die Einsicht, dass man selbst immer der größte Idiot ist. In Wahrheit liebe ich alle Menschen. Ich kann das nur nicht so zeigen. Denn ich bin schüchtern. Jeglicher aufkeimender Sarkasmus ist in Wahrheit ein stummer Hilfeschrei. Deshalb frohlocken Sie, backen Sie sich einen Keks der Zufriedenheit und entdecken Sie Ihr inneres Partyhütchen! Und wenn Sie glauben, auch ohne dieses Büchlein auszukommen, denken Sie dran: Ich habe eine Axt!

Brigitte

Um Frauen kennenzulernen, ist man gezwungen, das Haus zu verlassen. Sonst geht da nicht viel. Man müsste also im Prinzip wesentlich häufiger ausgehen. In Clubs oder Großraumdiskotheken. Aber davon halte ich nichts. Ich muss dazu sagen, dass ich von Haus aus Schwierigkeiten habe, mit Damen anzubandeln, da ich schüchtern bin und auf Stresssituationen äußerst skurril reagiere. Ich weiß nicht, ob Sie den Vogel Kakapo kennen. Ist ein ulkiges Tier. Ein fetter Vogel, der nicht fliegen kann, weil die Evolution einfach an ihm vorbeigezogen ist. Das Beste: In Stress- und Gefahrensituationen fällt der Kakapo einfach um. Da kennt der nichts. Stress. Zack. Liegt er da. Und bei mir ist das auch so. Auf Stress reagiere ich wie ein nasser Plumpsack. Laute Musik, wirre Gespräche, Menschentrauben. Zack. Fall ich um. Das macht es nicht unbedingt einfacher.

Ich bin also gezwungen, zwischenmenschliche Begegnungen in die eigenen vier Wände zu verlagern. Die Frage ist, wie? Nun gibt es zwar Kontaktmagazine und Internetforen zur Partnersuche, aber dort kauft man die Katze meist im Sack. Da sollte doch ein klügerer Ansatz zu finden sein. Die Lösung für dieses Problem liegt zwar nicht auf der Hand, aber es gibt sie, die einzig wahre Partnerbörse – Immobilienscout 24. Man tut einfach so, als würde man seine Wohnung vermieten oder einen Mitbewohner suchen. Dann wartet man auf Anrufe, vereinbart Be-

sichtigungstermine und richtet daheim alles fein her, um sich von seiner Schokoladenseite zu präsentieren.
Das haben wir früher zu Studenten-WG-Zeiten auch schon gemacht. Damals aber aus dem Antrieb, Leute gezielt zu verarschen. Aushang an der Uni: *Mitbewohner zwecks Gründung einer schlagenden Verbindung gesucht. Unsere Interessen: Schwertkampf, Börsenmarkt und Pferderennen.* Wenn dann jemand zur Besichtigung kam, haben wir nach dem Klingeln die Haus- und Wohnungstüren geöffnet, uns in die Zimmer verkrochen und *Carmina Burana* von Carl Orff auf volle Lautstärke gedreht. Sobald der Gast in der Wohnung war, kamen wir aus den Zimmern gekrochen und fingen an, ausschließlich in kryptischer Gegenwartslyrik zu sprechen.

schummrig schimmerndes schabracken-
schaf
tschetschenische schaschlikspieße
schlackern im schlepp-
tau
der stummen shoshonen
es erklingt die schalmei
geschnitzt aus dem schambein
des schabrackenschafs
schade

Man muss außerdem erwähnen, dass wir aufgrund einer großen Vorliebe für den Verkaufssender QVC im Laufe der Jahre eine nicht unerhebliche Menge an achtteiligen Messersets und Käthe-Kruse-Puppen in der Wohnung angesammelt haben.

»Na, du kleiner Räuber«, haben wir dann gesagt, »du magst doch Puppen? Sind sie nicht schön? Diese süßen Äuglein? Diese bleiche Haut?« Dabei strichen wir sanft mit den Fingern über unsere Messersammlung. »Diese Puppe heißt Sybille. Sag ›Hallo‹ zu Sybille.«

Das Ergebnis war meist das gleiche. Entweder liefen unsere Opfer schreiend davon, oder sie rammten sich eines der QVC-Küchenmesser in die Brust. Fazit: ein großer Spaß für Jung und Alt. Aber das ist Vergangenheit. Ich würde es nicht unbedingt altersmilde nennen, jedoch wurden die QVC-Messer aussortiert und durch eine Senseo-Maschine ersetzt. Aber das ist eine andere Geschichte.

Erst vor kurzem habe ich eine Wohnungsanzeige geschaltet, und prompt hat sich die erste Interessentin gemeldet. Ich dachte nach. Der moderne Mann ist sensibel, zeigt zugleich Stärke und Selbstvertrauen, ist sportlich und ernährt sich bewusst. Das lässt sich einrichten. Und so begann ich, meine Wohnung auf die Besichtigung vorzubereiten.

Ich fing in der Küche an, mistete den gesamten Kühlschrank aus und besorgte mir draußen vom Kompost alte Gemüseabfälle, die ich dezent auf der Arbeitsplatte verteilte. Sellerie, Ingwer, Rettich, Lauchzwiebeln. Das komplette Programm. Danach ging ich ins Wohnzimmer und legte einige Bücher und Filme, die mich als sensibel und zugleich dominant männlich kennzeichnen sollten, strategisch günstig aus. Es galt, meine bescheidene Person als die perfekte Mischung aus dem kleinen Prinzen und dem Terminator zu präsentieren. Dann folgte das krönende Sahnehäubchen. Irgendwie musste ich ihr Interesse wecken. Ich brauchte Geschichten. Es galt, durch versteckte

Verweise in der Wohnung eine galante Lebenslüge zu konstruieren.
Vorsorglich hatte ich Bilder aus Sportzeitschriften, Anzeigen aus Illustrierten und Männer-Modelfotos aus Frauenmagazinen herausgetrennt, ein aktuelles Passfoto von mir fotokopiert, den Kopf ausgeschnitten und ihn mit Pritt-Stift auf die Körper der fremden Hochglanzherren geklebt.
Ich rahmte die Bilder und hängte sie kreuz und quer in der Wohnung auf: den Klippenspringer-Typ aus der Cliff-Werbung, Brad Pitt als Achilles in *Troja*, Muhammad Ali – nur jetzt halt mit meinem Gesicht drauf.

Mich beschäftigt übrigens seit längerem die Frage, warum nur Frauenmagazine grundsätzlich langweilige Namen tragen. *Laura, Tina, Brigitte.* Wieso macht man das nicht auch bei Illustrierten für Männer? *Jürgen* – Neues über Grillfleisch, den Börsenmarkt, Panzerfäuste und Fitness. Außerdem neu bei uns am Kiosk: *Wolfgang & Sören* – das Magazin für Bratwurst, Business und Backenbärte.
Wo waren wir? Partnersuche. Immobilienscout. Besichtigungstermin.
Es klingelte an der Tür. Das ging schneller als gedacht. Ich öffnete die Pforten und grinste wie ein grenzdebiles Honigkuchenpferd. Ehe ich etwas sagen konnte, betrat sie den Flur.
»Hallo, mein Name ist Jutta, ich komme wegen der Wohnung.«
»Hach«, sagte ich, »wie schön! Komm, ich zeige dir am besten zuerst die Küche.«
»Oh, du kochst was mit Sellerie?«

»Ja, klar. Sellerie! Dafür lasse ich jedes Schnitzel links liegen. Ohne Sellerie wäre das Leben doch nur halb so schön. Und Rettich, was wäre der Mensch ohne Rettich? Gar nichts wäre der Mensch ohne Rettich.«

»Hmm«, antwortete Jutta, »falls du gleich was übrig hast, würde ich doch glatt eine Portion mitessen. Aber ich will mich nicht aufdrängen. Was kochst du denn Schönes?«

Scheiße, dachte ich, sagte aber: »Äh … frittierten Rettich.«

»Und was gibt's dazu?«

»Komm, ich zeig dir mal das Wohnzimmer.«

»Puh, ganz schön viele Fotos. Du bist ja rumgekommen …«

Sie bestaunte die Bildergalerie, die ich ganz subtil an den Wänden plaziert hatte. Und mit »subtil« meine ich penetrant aufdringlich. Hier und da quoll an den Kopfrändern die Klebepaste hervor, sodass ich manchmal wie ein graumähniger Löwe aussah. Aber das ist wohl der Preis, den man zahlen muss, wenn man nicht mit Photoshop umgehen kann.

»Oh, Kalifornien! Du surfst? Wow!« Jutta schien beeindruckt zu sein. »Aber eine Frage stellt sich mir. Warum hast du auf den Bildern so einen großen Kopf?«

Ich zögerte. »Wasser. Und Luft. Lange Geschichte. Ich komm aus einer angesehenen Zirkusfamilie. Das waren harte Zeiten damals. Als kleiner Knirps musste ich jeden Tag stundenlang Handstand üben. Kann man sich gar nicht vorstellen. Irgendwann bläht sich die Birne auf wie ein Heliumballon. Haben aber schon viele gefragt. Bist du nicht die Erste.«

»Hmm«, murmelte sie, »irgendwie siehst du auf allen Fotos so gleich aus. Man könnte fast meinen, du hättest das Gesicht angeklebt.«
Ich prustete los. »Hoho. Du kommst ja auf Ideen. Müsste man aber mal machen. Wär bestimmt witzig. Könnte man ja fast eine ganze Lebenslüge mit aufbauen, bloß um Frauen zu beeindrucken. Oder so.«
Sie zeigte auf ein Bild, auf dem ich mit einem Surfbrett über eine riesige, meterhohe Welle gleite. »Und wie alt warst du da?«
»Sieben.«
»Sieben? Und da hattest du schon einen Vollbart?«
»Puh, das ist eine Pigmentstörung. Hatte ich schon nach der Geburt. Ich kam damals raus, zack!, Vollbart. Schon im Kindergarten nannte man mich *Wolverine*-Junge. Oder Pelzgesicht. Musste ich mir alles anhören. Gebe ja zu, dass das lustig aussah. Von hinten schön mit Schulranzen, Pferdeschwanz, Fähnchen am Fahrrad. Und dann von vorne: Gandalf!«
»Bist das auch du?« Sie zeigte auf das Bild von Muhammad Ali, der gerade drauf und dran ist, einen finster dreinblickenden Russen zu verdreschen.
»Na, sichi!«
»Du warst mal schwarz?«
»Nee, nee. Das ist ein dunkler Neoprenanzug. Hauteng, die Dinger. Meint man gar nicht. Aber reden wir nicht über alte Zeiten. Ich bin jetzt dabei, seriös zu werden. Das musste deshalb auch ein Ende haben mit dem Sport. Ich lese jetzt viel. Gönn mir mal Ruhe. Grüner Tee, Spaziergänge. Man wird ja nicht jünger.«
»Was liest du denn gerade?«

»Na, hier. Dingens.« Von weitem konnte ich gerade so den Umriss eines Buches erkennen, das Frank, mein Mitbewohner, in der Küche liegen gelassen hatte. »Boll.« sagte ich. »*Ansichten eines* …«, scheiße, die Hälfte des Titels war verdeckt. »*Ansichten eines … Tischtennisspielers.* Timo Boll. Sein Meisterwerk. Guter Lesestoff, meint man gar nicht.«

»Wie lustig, ich kenne nur *Ansichten eines Clowns* von Heinrich Böll.«

»Ja, das musste ich damals auch lesen. Du weißt ja, Zirkus, die gute alte Clownsschule. Da mussten wir wohl alle durch.«

»Äh, nee, das ist doch Belletristik. Ein kritisches Werk über den Katholizismus. Und der Clown ist eigentlich ziemlich traurig. Es geht im Wesentlichen um Demaskierung.«

Die Angelegenheit schien kompliziert zu werden.

»Ja, ja«, antwortete ich wie aus der Pistole geschossen. »Nieder mit dem Katholizismus. Das war unser erstes Gebot im Zirkus. Lass bloß nicht den Papst ins Zelt … Ist ja auch egal. Jedenfalls lese ich jetzt viel. Man wird ja nicht jünger. Und hau mir ab mit Spielekonsolen. Alles Firlefanz. Die Zeiten sind vorbei.«

»Ist das da nicht eine Nintendo-Konsole in der Ecke?« Jutta gab nicht auf.

»Äh, ja. Die ist von meinem Sohn.« Mist. So langsam drohte mein Schwindel aufzufliegen.

»Du hast ein Kind? Wie heißt es?«

»Brigitte.«

»Ich dachte, es wäre ein Sohn.«

»Richtig.«

»Der heißt Brigitte?«
»Richtig. So wie Maria. Alex. Kim. Kai. Ein geschlechtsloser Name. Neutrum.«
»Ich habe noch nie gehört, dass ein Mann Brigitte heißt.«
»Das sagt viel über dich aus. Gerade, wenn du Timo Boll nicht kennst. Brigitte halt. Kennt man doch. Hat gegen die Unterdrückung der Schwarzen gekämpft. Erster schwarzer Präsident in Südafrika. Brigitte Nielson.«
»Du meinst Nelson Mandela.«
»Richtig. Ich wusste es doch. Irgendwas mit N und Son. Jedenfalls ... Brigitte hat sich als Männername durchgesetzt. Der Terminator, weiß auch keiner, der hieß auch Brigitte. Klang nur blöd.«
»Ich glaub dir das nicht ... aber wie dem auch sei ... ich würde gerne einziehen. Gefällt mir, die Wohnung. Ab wann ist sie frei?«
Mist. Damit hatte ich nicht mehr gerechnet, und der Kakapo-Trick kam nun auch nicht mehr in Frage.
Ich schaute Jutta an und stotterte: »Bevor wir darüber reden, muss ich dir etwas mitteilen ...« In meinem Gesichtsausdruck lag etwas Psychopathisches. »Wir kennen uns zwar erst zehn Minuten, aber ... ich liebe dich. Ich liebe dich von ganzem Herzen. Hier, sieh mal, das Foto. Mein Ferienhaus auf Fehmarn. Da werden wir heiraten. Übermorgen. Unser Kind wird Sybille heißen. Ist das nicht schön? Hier, schau mal, diese Puppe. Sie heißt auch Sybille. Sag ›Hallo‹ zu Sybille. Du magst doch Puppen?«
Jutta nickte ängstlich. Sie war sichtlich verunsichert.
Bestimmt ist sie schüchtern. Na ja, ich werde sie schon überzeugt haben. Und morgen stell ich ihr meinen Sohn Brigitte vor. Wird schon.

Verlieren können ist eine Kunst. Eine Kunst, die ich definitiv NICHT beherrsche. Ich erinnere mich, wie meine Mutter bei Mau-Mau und Monopoly immer gegen mich gewonnen hat. Nun, was soll ich sagen? Ich habe den Kontakt zu dieser Frau radikal abgebrochen. Aber beginnen wir von vorne …

Unter der Brücke entsteht die Zwönitz

So manche Frage, die man sich im Laufe seines Lebens stellt, wird wohl niemals beantwortet werden. Warum besteht zum Beispiel die monatlich erscheinende *ADAC Motorwelt* zu mindestens siebzig Prozent aus Werbung für Treppenlifte? Die *ADAC*-Zeitschrift als Propagandainstrument für Mobilität im Alter? Ergibt das Sinn?
Ich weiß es nicht. Hat auch eigentlich mit der Geschichte nichts zu tun. Wollte ich nur mal erwähnt haben. Was mich viel mehr interessiert und was für den Verlauf dieser Geschichte eine Rolle spielt, ist folgende Frage: Wer denkt sich diese ganzen scheiß Sudokus aus? Ich meine, schicken da kleine Chinesen ihre Manuskripte an große Verlagshäuser? Wie mag so was wohl ablaufen? *Hey Chef, wir haben da gerade ein neues Manuskript reinbekommen. Ich hab ja schon viel Gutes gelesen. Aber das hier toppt alles. Oben rechts: sieben. Mitte links: drei. Unten mittig: neun.*
Nein, das ist ja großartig komponiert. Ein Meisterwerk! Schöner Handlungsstrang, klassischer Aufbau, das ist mal was. Ein bittersüßer Blues aus den träumerischen Tiefen des Unterbewusstseins. Nehmen wir. Schicken Sie dem Mann 'nen Vertrag.
Wer diesen Vertrag einmal unterzeichnet, kann sich auf ein schönes Leben freuen. Aber dazu später mehr.
Sudokus sind der allumfassende Beweis für die Existenz

menschlicher Langeweile. Eine Art Beschäftigungstherapie für desillusionierte Hobbymathematiker. Die Menschen klagen immerzu über zu wenig Freizeit, und gleichzeitig boomt der Sudoku-Markt. Seltsamer Widerspruch.

Meine Vorliebe, was Spiele betrifft, beschränkt sich seit je auf den sprachlichen Sektor. Mein persönlicher Favorit: *Scrabble.* Nachfolgend ein Beispiel aus einem typischen Familien-Spieleabend:

Vater, gelernter Lkw-Fahrer, eher der intellektuelle Dünnbrettbohrer in der Familie, konnte auch nach dreißigminütigem mentalem Selbstrückzug nicht mehr als Folgendes auf dem Spielbrett positionieren: LEG.

Mutter, eher im gehobenen sozialen Mittelstand verwurzelt, ergänzte und erhielt dadurch den Begriff LEGITIMATION.

Nicht schlecht für einen Anfänger, dachte ich. Aber da wollte ich noch einen drauflegen und vervollständigte den Ausdruck zu LEGITIMATIONSCHINESE – doppelter Wortwert. Hundertzwanzig Punkte. Bäm. Bäm. Bäm.

»Es gibt keine Legitimationschinesen. Das hast du dir ausgedacht. Was soll das sein?«, widersprach mein Vater.

»Weißt du«, sagte ich, »mangelnde Bildung ist eine Sache. Dummheit eine andere. Der Legitimationschinese ist die höchste legislative Instanz in Peking. Ein Chinese halt, der Befugnisse erteilt. Sogar dem Kaiser. Kennt man doch. *Hey, ich brauche eine Befugnis, da gehe ich wohl mal zum Legitimationschinesen.*«

Weiter ging's. Kurzes Grübeln. Nur noch drei Buchstaben zur Verfügung. Z, Q, X. Gar nicht so einfach. Ach egal. Einen Versuch war es wert. Also legte ich ZQX, die

Abkürzung für den weltbekannten Zentralrat Quebecer Xylophonspieler.
»Was soll das denn sein?«, fragte Mutter.
»So was wie die FIFA. In Quebec. Eine kanadische Musikinstitution. Kennt man doch.«
»Abkürzungen gelten nicht, mein Sohn.«
»Weißt du, was dein Problem ist?«, konterte ich. »Krankhafter Ehrgeiz!«
Im *Scrabble* zu verlieren hatte für mich den gleichen Stellenwert, wie eine große Schlacht zu verlieren. Lieber verliere ich meinen Stolz oder meine Würde als eine gute Partie *Scrabble.*
Ich zog sieben weitere Buchstaben aus dem grünen Säckchen. Nach etwa fünfsekündiger Überlegungsphase war die Sache entschieden, und ich legte GONDELULF.
»Und was ist das jetzt schon wieder?«
»Na ja«, sagte ich, »du weißt doch noch, als wir in Venedig waren. Der Typ in dem Boot, der hieß Ulf.«
»Nein, der hieß Fabrizio.«
»Ja, sag ich doch. ›Fabrizio‹ ist italienisch für ›Ulf‹.«
»Wenn, dann ist ›Fabrizio‹ italienisch für ›Fabian‹ …«
»Weißt du, was ich nicht mag? Klugscheißer!«
»… und selbst wenn das so wäre, wär's kein Wort.«
»Klar«, sagte ich. »›Omnibusklaus‹, ›Hubschrauberfabian‹, ›Gondelulf‹.«
»Nein, das zählt nicht.«
»Na, dann spielt doch alleine.«
Ich schlug entschlossen mit der Faust auf die Tischplatte, und das gesamte *Scrabble*-Feld flog durch die Luft. Verlieren gehört einfach nicht zu meinen Stärken. Aber wer von sich behauptet, dass es seine größte Stärke sei, gut

verlieren zu können, der kann es im Leben eh nicht zu sehr viel gebracht haben. *Hallo, ich bin Gondelulf und meine Stärken sind Paddeln, Quatschen und Verlieren.* Das sagt doch keiner.
Ähnlich schlecht verlieren kann ich bei *Stadt, Land, Fluss.* Wobei ich bis heute nicht verstanden habe, welcher Geisteskranke die letzte Kategorie der klassischen Variante *Stadt, Land, Knabbergebäck* durch *Fluss* ersetzt hat. Wer denkt sich so einen Unfug aus? Ich kannte außer der Donau, dem Rhein und dem Nil nämlich nichts. Aber seit ich von einer kroatischen Insel namens Krk gehört hatte, habe ich dazugelernt und meiner Phantasie einfach mal freien Lauf gelassen. Seitdem habe ich keine Partie *Stadt, Land, Fluss* verloren. Es gibt mittlerweile auch weitere moderne Varianten dieses Spieles. Wie zum Beispiel *Stadt, Land, Fluss, Name, Pflanze, Beruf, Tier.* Ich verfahre da seit Jahren nach dem gleichen Prinzip und erkläre Ihnen das einmal anhand einer erst kürzlich stattgefundenen Partie mit meinem zweijährigen Neffen.
Ich: »A.«
Neffe: »Stopp.«
Ich: »Z.«
Stimmte natürlich nicht, aber ich ließ mich nicht aufhalten. Nach etwa sieben Sekunden rief ich: »Stopp.« Dann legte ich vor: »Zwickau, Zaire, Zwönitz, Zarina, Zirbelkiefer, Zerspanungsmechaniker, Zweizehenfaultier. Bääääämmmmm.«
Mein zweijähriger Neffe sah mich irritiert an.
»Na, da guckste dumm, kleiner Stinker. Wer ist der Chef? Kennst du wohl nicht, die Zwönitz? Dumm bist du, dumm wie Brot.«

Dann zelebrierte ich einen fünfminütigen Siegestanz, bei dessen krönendem Abschluss ich mit dem Loser-Zeichen vor dem Kleinen stand und ein lautes »Hehehehe« von mir gab.
Ich kann ja keine Ausnahme machen, nur weil ich gegen Kinder spiele. Die Wahrheit ist hart. Das Leben ist kein Zuckerschlecken. Und wer mit Niederlagen aufwächst, für den kann es später nur besser werden.
Ich jedenfalls habe die Zeit vom siebten bis zum neunten Lebensjahr damit verbracht, Lexika zu lesen und für alle Buchstaben des deutschen Alphabets komplizierte Pflanzen- und Berufsbezeichnungen auswendig zu lernen. Die einen nennen das krankhaften Ehrgeiz, ich nenne es gezielte Vorbereitung. Nun gut. Dass ich mich vier Jahre im Keller eingeschlossen habe, um alle fünftausend Karten vom *Spiel des Wissens* auswendig zu lernen, mag übertrieben wirken, aber es hat sich gelohnt.
Schwer war es dann nur, künstliche Nachdenkpausen in das Spiel zu integrieren, damit nicht der Verdacht von Schummelei aufkam.
Ich war ungefähr acht, als mein Vater mich im Rahmen besagten Spiels fragte: »Was ist der Wankelmotor?«
»Puh«, sagte ich, »schweres Kaliber. Lass mich mal nachdenken. Das müsste ein Kreiskolbenmotor sein. Eine Art ventilloser Viertakt-Ottomotor mit Schlitzsteuerung. Aber sicher bin ich mir da nicht.«
»Wow, woher weißt du das denn?«
»Zufall. Klassischer Glückstreffer. Hatten wir gestern erst in Sachkunde.«
»Gut, dann die nächste Frage: Wer gewann 1972 in München Gold beim Kugelstoßen der Frauen?«

»Das müsste Nadeshda Tschishowa gewesen sein. UdSSR. Aber da leg ich nicht meine Hand für ins Feuer.«
Meine Eltern waren fasziniert von meiner ausgeprägten Allgemeinbildung und steckten mich kurz darauf in ein Internat für Hochbegabte. Ich mache es kurz: Der Schwindel flog recht schnell auf. Es war ja nicht so, dass ich wie bei *Rain Man* eine Inselbegabung hatte und deswegen andere Dinge auf der Strecke blieben. Deshalb dauerte es auch nur etwa zwei Tage, bis man sich sicher war, dass ich außer Fressen, Schlafen und Kacken nicht viel auf dem Kasten hatte. Aber bei *Stadt, Land, Fluss* hab ich sie alle fertiggemacht.
Den Typen, der die ganzen Sudokus erfindet, habe ich übrigens im Internat kennengelernt. Er hieß Wing-Long-Chun, ein alter Mann von neunundachtzig Jahren. Er lebte mit Kabeln und Drähten verbunden in einer Art Hamsterrad im Hausmeisterkeller des Internats und brummelte kryptische Zahlkombinationen vor sich hin. Früher sei er mal ein hohes Tier gewesen. Legitimationschinese in Peking. Aber als sich eines Tages ein gewisser Gondelulf eine neue Transportlizenz für den asiatischen Raum habe ausstellen lassen wollen, da habe er den Job an den Nagel gehängt.
Und Sudokus laufen sowieso viel besser.

Sudoku (Schwierigkeitsstufe 10)

				5				

Rostrotkupferbraunfastbronze

Liebe Sandra,
gestern hast du gesagt: »Also, ganz ehrlich, so ohne Bart, das würde dir bestimmt auch gut stehen.« Betrachte dich mit diesem Schreiben als offiziell verlassen. Meinen Bart, den hatte ich schon als Kind. Das ist doch kein Hut. Den nehme ich nicht ab, nur weil er mir nicht steht. Alles was ich habe, ist mein Bart. Ich brauche Zuflucht für meine nervösen Hände, wenn ich rede und nicht rauchen darf. Ich brauche diesen kleinen haarigen Wirbel am rechten Wangenknochen, in dem sich meine Finger bei Bedarf verlieren können.
Nun, sieh mich doch an! Ich bin weder muskulös noch finanziell unabhängig. Was bleibt mir demnach übrig? Das Verruchte. Die Verwegenheit. Aber eigentlich bin ich gar nicht verwegen, sondern verlegen. Und schüchtern. Ohne meinen Bart fühle ich mich nackt. Er ist eine Art Mikrowellenabdeckhaube. Eigentlich braucht man die auch nicht, aber sie vermittelt einem die Illusion von Schutz. Wenn ich etwas erzähle, dabei nervös bin und zittere, dann kraule ich ihn wie eine Katze. Das beruhigt. Er ist weich und flauschig. Und verdammt, ich hasse diese Kinn- und Schnurrbärte, vor allem aber diese ausgedünnten Schmalkoteletten. Was soll denn der Unsinn? Ich hätte gerne eine Pizza Vier Jahreszeiten. Mit viel Käse und Knoblauch. Aber bitte ausgestanzt. Geben Sie mir nur den Rand. Der ist so köstlich.

Mein Bart ist Zuflucht. Exil vor Stress und Konfrontation. Ein Schutzpanzer um meine Haut. Ich bin ein Schildkrötenmensch, und niemand soll wissen, was unter dem Panzer geschieht. Und eins steht fest: Er ist symbolische Metapher für alles. Im Sommer ist er hellbraun, im Herbst bronze, im Winter wie Kupfer, und im Frühling hat er die Farbe von Rost. Genau wie meine Stimmung. Aber eigentlich habe ich gar keine Stimmung. Und schon gar keine Gefühle. Alles, was ich in den ersten Zeilen gesagt habe, war eine Lüge. Bartträger haben keine Gefühle.
Ich trage meinen Bart nicht aus Eitelkeit. Na gut, früher schon. Ich trug meinen anfänglichen Flaum mit Stolz und Anmut und dachte, ich würde aussehen wie Kurt Cobain oder Johnny Depp. Zehn Jahre später teilte man mir mit, dass ich eher aussähe wie Al Borland aus Hör mal, wer da hämmert. *Mehr so der Holzfällertyp, aber dafür sei ich eigentlich zu schmal und zu untrainiert. Mensch, ich würde ja gerne trainieren, aber dafür bin ich zu intelligent, schließlich kann ich schreiben. Aber für intelligent hält man mich ja auch nicht, schließlich ist mein Bart nicht schwarz oder grau meliert, sondern rostfarben. Wie bei einem waschechten Arbeiter. Er ist nur dann schwarz, wenn ich mir den Kohlenstaub im Gesicht verwische.*
Und du sagst, er störe dich, mein Bart. Wenn wir uns küssen, dann kratze das so. Natürlich kratzt das. Das ist wie das Gleiten einer Plattennadel über Vinyl. Das kratzt auch und ist trotzdem schön. Ein zärtliches Kratzen. Ein rauhes, aber behutsames Schmiegen. Aber du bist anscheinend eher so der digitale Typ. So wie deine aalglatten Liebhaber. Die kannst du alle löschen. Aber mich kannst du nicht löschen. Mich kannst du nur wegschmeißen oder

im Keller einlagern. Dann staube ich zwar voll und gerate in Vergessenheit, aber ich bleibe existent, denn ich bin analog. Und wenn ich Feuer mache, dann knistert es. Dann kannst du es hören und riechen, aber deine anderen Kerle, die drücken die Fernbedienung und dann verharrt ihr vor seinem hochauflösenden Kamindisplay. Nicht mit mir!

Und weißt du, was sich auf Bart reimt? Auf Bart!? Hart!!! Harte Typen tragen Bärte. Und sonst reimt sich nichts auf Bart. Rein gar nichts. Vor allem nicht zart. Zart reimt sich auf glatt rasiert. Und glatt rasiert bin ich nicht. Und mein Humor schon gar nicht. Der ist stoppelig. Aber deiner ist so platt, den sieht man nicht. Und wenn sich mein T-Shirt eines Tages nach außen zu wölben beginnt und ich anfange, mollig zu wirken, dann nur, weil meine Brusthaare den Textilstoff nach außen drücken. Die brauchen Platz. Freiheit. Und ich bin ein freier Mensch, deswegen trage ich Bart.

Er hat nur Vorteile. Wenn mir im Winter kalt ist, dann reibe ich ihn mit Shampoo ein und nehme ein warmes Schaumbart. Aber eigentlich nehmen so Kerle wie ich keine Schaumbäder. Wir nehmen Stahlbäder. Im Hochofen. Verdammt, ich rasiere mich nicht! Nur die Konturen. Da bin ich eitel. Aber das mache ich nicht mit Schaum, sondern mit Schnaps, du Schlampe.

Du willst mich verändern, das merke ich doch. Rasieren!? Ich verlange von dir doch auch nicht, dass du dir die Brüste entfernen lässt. Die stören mich auch. Na und!? Ich liebe dich. Auch mit deinen Fehlern. Wenn ich mich rasieren würde, wäre ich nackt, und dann würde ich den Wind auf meinen Wangen spüren und anfangen, Gedichte zu schreiben. Kleine Poeme über das Leben und die Liebe. Aber das tue ich nicht! Ich hasse Poesie. Sie ist weich. Poesie ist für Frauen und Kinder. Solche, die zuerst gerettet werden, wenn das Schiff untergeht. Aber uns Männer braucht man nicht zu retten. Wir halten uns gegenseitig an unseren Bärten fest und singen Lieder von Manowar. Auf Russisch! Denn das ist eine harte Sprache. Ohne Vokale. Vokale sind schwul. Ameise, Kolibri, Papagei. Alles kleine fragile Tierchen. Aber ich bin ein Bär. Ein B und ein R. Und das in der Mitte, das ist kein Vokal, sondern ein Umlaut. Bären würden Papageien nämlich zerfetzen, wenn sie sich treffen würden. Deswegen sieht man sie auch so selten zusammen. Und deswegen sieht man uns auch nie wieder zusammen.

Sandra, glaub mir, Bärte sind ein Zeichen von Gutmütigkeit. Jesus, zum Beispiel. Und ich kann Jesus immer als Beispiel bringen, denn rede du jetzt mal schlecht über Jesus, dann bekommst du aber mächtigen Ärger. Dieser Jesus, er war ein herzensguter, bärtiger Zeitgenosse. Und man wird immer von ihm sprechen als dem guten alten Jesus. So wie vom guten alten Abraham oder dem guten alten Joe Cocker. Jetzt rate mal, wem dieser Jesus sein Augenlicht wiedergeschenkt hat. Dem ratzekahlen Pascal? Wohl kaum. Dem nacktrasierten Nathanael? Nein, sicher nicht. Sondern, wem wohl? Dem Bartimäus. Bartträger halten schließlich zusammen. Und wenn da mal einer etwas Mehl, fettarme Milch oder Augenlicht braucht, dann bekommt er das auch. Wäre der gute alte Herr Bartimäus aber rasiert gewesen, und das nehme ich angesichts seines Namens kaum an, dann hätte Jesus womöglich gesagt: »Oha. Sieh mal einer an. Sie haben aber schöne Wangen-

knochen. Möchten Sie mir etwa die Wange hinhalten, Sie kleiner Schlingel?« Dann hätte der Bartimäus weiterhin ganz schön drollig aus der Wäsche geguckt. Bartträger sind gute Menschen. Edel und weise.

Sandra, ich denke, ich habe dir genug gesagt. Du kannst mir alles nehmen. Meine Wohnung, meine Kinder, aber niemals meinen Bart. Das ist eine Lebenseinstellung. Eine Philosophie. Ein Körperteil. Bauch, Beine, Bart.

Kirmesromantiker

Ich liebe Weihnachtsmärkte. Und wie ich sie liebe. Wie oft steh ich morgens auf und denk mir: Jetzt mal jemandem so einen feucht-klebrigen Bratapfel durchs Gesicht ziehen. Das wär was. Lauwarme Sangria, Schlagermusik, pöbelnde Menschen – der Weihnachtsmarkt ist der Ballermann des Christentums. Nein, mal im Ernst. Weihnachtsmärkte sind wirklich schön. Und für so romantische Menschen wie mich genau das Richtige. Dabei geht es in erster Linie gar nicht um Konsum, sondern um menschliche Wärme und Geborgenheit. Um Liebe und Dankbarkeit. Und um Suff. Ganz besonders um Suff. Herrlich.

Aber wahrscheinlich sehe ich das viel zu kritisch. Ist doch herzallerliebst, wenn sich so viele Menschen auf engstem Raum begegnen können, um sich gegenseitig ihre Kinderwagen in die Hacken zu schieben. Ist doch schön. Ist auch schön, sich gegenseitig den Bratwurstsenf an den Mänteln abzuschmieren. Eine christliche Tugend. Jesus hat sein Brot auch geteilt. Kirmes, Karneval, Weihnachtsmärkte. Da wird mir ganz warm ums Herz. Da werde ich auch in keinster Weise aggressiv oder dergleichen, sondern stehe vielmehr gemütlich in der großen Menge und denke mir im Stillen: Jetzt so ein Attentat! Das wäre aber ärgerlich.

Schön sind insbesondere diese kleinen Holzhütten mit den dazugehörigen Sitzbänken. Ruheoasen, wie der Kirmesfreund sagt. Bei diesen Indoor-Weihnachtsmärkten in

Einkaufszentren wird es sogar noch besser, denn dort gibt es Massagesessel. Das ist wie ein Fußbad im Gazastreifen. Da kann man garantiert alle Sorgen dieser Welt mit einem Mal ausblenden.

Aber worauf will ich eigentlich hinaus? Auf die Romantik. Das moderne Bild der Romantik wird geprägt von Lebkuchenherzen mit Zuckergussschriftzügen. Die hängt man sich dann gegenseitig um den Hals, und damit ist dann alles gesagt. »Hier, hab ich zwei Euro für bezahlt. Ich liebe dich.«

Es sind die kleinen Gesten, die eine Beziehung ausmachen.

Viele denken, dass Lebkuchenherzen als Symbol für Vertrauen und Anerkennung zu verstehen seien – sozusagen als Sinnbild der Liebe. Mich persönlich erinnern sie dagegen eher an Kuhglocken. Eine Idee, die auf dem menschlichen Besitzdenken basiert. Meine Glocke, meine Kuh! Klar definiert. Bauer, Besitz, Leibeigentum. Historisch erwiesen. Hat sich anscheinend bis heute bewährt.

So ist das im Leben. Man macht die Dinge, die man tut, aus unterschiedlichen Beweggründen heraus und in der Mitte trifft man sich. So kommt es oft vor, dass ich zuhause ein Lavendelbad einlasse, einen Cabernet Sauvignon aus dem Keller hole, Duftkerzen anzünde und Brahms auflege. Wenn dann meine Freundin nach Hause kommt und sagt: »Oh, das hast du alles für mich gemacht?«, dann schalte ich ganz schnell die *Sportschau* aus und sage: »Ja, sicher, mein kleiner Engel. Was glaubst denn du?«

Grundsätzlich bin ich ein Typ, der gerne auch mal Geschenke macht. So einfach zwischendurch. Zum Beispiel was Selbstgemaltes. Wiese, Haus, Baum, Mann und Frau, die sich an der Hand halten, oben rechts eine Sonne. Da lass ich mich nicht lumpen. Sieht zwar scheiße aus, kommt aber von Herzen.

Der Grat zwischen Romantiker und Psycho scheint jedoch ein sehr schmaler zu sein. Viele Frauen habe ich bereits vergrault, weil ich schon beim zweiten Treffen ein Gedicht für sie schrieb. Das wirkt meist sehr seltsam. Wenn die wüssten ... Das ist mein Beruf. Ich verschleudere die Dinger wie Kupfergeld. Mit Romantik hat das nichts zu tun.

Wenn du dich mit einem Schreiner triffst und der sagt: »Hier, für dich. Ein Brett«, dann denkst du doch auch nicht: Oh, das geht mir aber jetzt zu schnell.

Mit dem Gedichteverschenken habe ich allerdings irgendwann aufgehört. Zu viele Missverständnisse. Von mir bekommt man jetzt nur noch selbstgebastelte Gutscheine. Das ist immer eine sichere Sache, gerade wenn man nicht weiß, wie lange so eine Beziehung noch hält.

»Hier, einen Gutschein, liebe ... Frau. Frohes Fest. Komm, wir schlendern ein Ründchen über den Weihnachtsmarkt.«

Sie sehen, Sie können in diesem Büchlein noch richtig viel lernen. Bevor Sie nicht weiterwissen und kurz vor Heiligabend wieder stundenlang durch die Boutiquen flitzen, verschenken Sie doch einfach mal ein Brett. Oder einen Stein. Rohmaterial eben. Daraus kann sich dann jeder das basteln, was er sich schon immer gewünscht hat.

Kleine Anekdote am Rande: Vor einiger Zeit las ich diese Geschichte auf der Bühne vor. Ein Herr im Publikum konnte sich an der Stelle mit dem Brett so dermaßen nicht mehr einkriegen, dass er sich minutenlang wie ein bekifftes Spanferkel über den Boden wälzte. Ein paar Monate später schrieb er mir eine Mail. Er war tatsächlich Schreiner, hatte bei besagter Lesung das erste Date mit seiner Freundin und hat ihr nun, wenige Monate später, einen Hochzeitsantrag gemacht. Im Anhang ein Foto. Beide grinsend. Glückselig nahezu. In ihren Händen – ein Brett. Hineingeritzt: »Willst du meine Frau werden?« Wahre Geschichte. Wunderschön. Ich habe alles erreicht. Mehr geht nicht mehr. So. Mund abputzen, weitermachen.

Die Rückkehr vom Kettensägenmann

Als reisender Autor verbringt man durchschnittlich etwa drei Stunden am Tag im ICE. Am Anfang freut man sich noch. Man kann lesen, Musik hören oder anderen Leuten dabei zusehen, wie sie sich auf ihren Computern amerikanische Sitcoms anschauen. Aber irgendwann wird's langweilig, und dann muss man sich überlegen, wie man die Zeit sinnvoll rumkriegt. Schreiben ist im Zug nämlich nicht immer einfach, da benachbarte Sitzpartner einem oft wissbegierig auf den Bildschirm starren. Ein schöner Zeitvertreib ist es derweil, sich in Großabteilen mit fremden Kleinkindern auf dem Nachbarsitz Horrorformate wie *Saw* anzuschauen und aus dem Augenwinkel zu beobachten, wie sich in den Gesichtszügen der Vierjährigen die blanke Angst ausweitet und die Mütter entsetzt zu einem herüberstarren.

Eines Tages saß einer dieser Business-Pinguine im Anzug neben mir und telefonierte unaufhörlich. Das wäre ja nicht weiter schlimm gewesen, wenn er am Telefon nicht sein ganzes Geschäfts- und Privatleben ausgeplaudert hätte. Anschriften, E-Mail-Adressen, Handelspartner, Kontodaten, Telefonnummern. Da hätte sich die Stasi damals eine Menge Arbeit sparen können.

Klingeling. *Ja, Dirk Müller hier. Abschließen. Abschließen. Verkaufen. Verkaufen.* Klingeling. *Überweisen. Überweisen. Konto. Ja, gucke grad nach. Kontonummer: 48 485 764. BLZ: 3 405 063 000. Ja, morgen muss die Kohle raus.* Klingeling. *Ja, Müller. Richtig. Mutti? Ja, hab ich eingepackt. Ja, die Übergangsjacke hab ich auch an. Mutti. Ja.* Klingeling. *Investment. Investment. Ja, Franchise. Kooperieren. Rufen Sie mich zurück: 0175/3243543.* Und immer so weiter.

Das Ganze hab ich circa zehn Minuten mitgemacht, bis ich mir dachte: Halt die Fresse, du Horst. Und das war der Beginn meiner großen Inszenierung. Vier Stunden Fahrzeit galt es schließlich noch einigermaßen kreativ abzusitzen, und, na ja, ich mein, er war ja selbst schuld, wenn er seine Nummer da quer durchs gesamte Abteil brüllen musste.

Ich also raus. Bordbistro. Telefon aus der Tasche. Nummer wählen: 0175/3243543. Anderes Ende der Leitung: »Müller.«

»Hallo, Dirk. Ich bin's nochmal, Mutti.«

»Mutti? Was ist mit deiner Stimme passiert?«

»Ich rauche wieder. Also, um ehrlich zu sein, acht Schachteln am Tag. Und zwei Pullen Cognac. Irgendwie muss man den Tag ja rumkriegen. Pass auf. Du arbeitest doch diese Woche in Frankfurt, oder? Also, werd jetzt bloß nicht panisch, aber hier in Köln ist grad mächtig Remmidemmi. Ein Blutbad, sag ich dir. Irgendein Einzelgänger, ist einfach ausgetickt. Richtiger Psycho. Hat fünf Leute hingerichtet. Mit 'ner Kettensäge. Selbstjustiz oder so. Spielt den großen Rächer. Jedenfalls, einer hat wohl gesehen, dass der in den Zug nach Frankfurt gestiegen ist. Und da dachte ich: Ach, Herrgott. Der Dirk. Der arbeitet doch da. Ich hoffe, du sitzt nicht im selben Zug. Ist vor zwanzig Minuten in Köln losgefahren. Das war so ein Typ Ende zwanzig. Braune Haare, bärtig, mittelgroß, Jeans, karier-

tes Hemd. ›Kettensägenmann‹ hat er die ganze Zeit geschrien.«
»Kettensägenmann?«
»Kettensägenmann! Du, ich muss jetzt auflegen. Die Suppe kocht mir über. Küsschen.«
Hehe. Das versprach ein großer Spaß zu werden. Ich also zurück an den Platz. Der Pinguin war noch da.
»Hey, Mister. Danke fürs Aufpassen.«
»Ja, kein Problem. Aber wissen Sie … Ihre Stimme kommt mir irgendwie bekannt vor.«
»Na«, sagte ich, »hoffen wir mal, dass ich Sie nicht an Ihre liebe Frau Mutter erinnere.«
Man merkte dem jungen Mann bereits erste Anzeichen von Verunsicherung an. Sein Blick musterte mich: bärtig, kariertes Hemd, dunkle Jeans. Passte.
Zehn Minuten später.
»Sorry«, murmelte ich, »ich will ja keine Umstände machen. Aber Sie müssten mich noch mal durchlassen. Ich muss mal ganz dringend für kleine Königstiger. Dieser verdammte Kaffee. Oben geht's rein, unten kommt's raus. Ohne Umwege. Können Sie kurz noch mal meinen Computer im Blick behalten?«
»Ja, ja. Kein Problem.«
»Bis gleich.«
Computer also. Ich muss dazu sagen, dass mein Laptop so alt ist, dass man da nicht viel mit anfangen kann bis auf Tetris und Paint. Immerhin verfügt das gute Stück aber über diese Bildschirmschonerfunktion, bei der man einfach einzelne Wörter oder Sätze einfügt und diese dann nach kurzer Zeit kreuz und quer über das Display wandern.

In besagtem Fall habe ich mich für eine sehr subtile Botschaft entschieden: *Kettensägenmann, Kettensägenmann, Kettensägenmann. Tod den Banken. Es lebe die Gerechtigkeit. Kettensägenmann, Kettensägenmann, Kettensägenmann.*

Ich durfte jetzt nur nicht allzu lange wegbleiben – nicht, dass der Typ noch auf die Idee kam, die Polizei zu rufen. Nach etwa dreißig Sekunden kehrte ich zu meinem Platz zurück und flüsterte mit meiner pathetischen Guido-Knopp-Doku-Stimme: »Danke, mein Freund.«

»Nicht dafür. Sie waren aber schnell pinkeln.« Er wirkte skeptisch.

»Jaja, das Ding ruckelt ja wie verrückt. Ich glaub, ich hab aus Versehen das *Vaterunser* an die Wand gepinkelt. Warten Sie kurz, bevor Sie aufstehen. Ich muss noch schnell den Koffer runterholen.«

»Was haben Sie denn da drin? Und was haben Sie vor?«

»Na, was soll ich schon vorhaben? Ich möchte staubsaugen, Sie Nase. Nein, ich brauch die Kettensäge aus dem Koffer. Oh, hab ich gerade ›Kettensäge‹ gesagt? Ich meinte Mobiltelefon. Ich will Mutti mal eben anrufen. Musste gerade aus Köln los. Hatte beruflich Stress. Nicht, dass die sich jetzt Sorgen macht. Was machen Sie eigentlich beruflich?«

Der Mann schwieg kurz und murmelte dann: »Kindergärtner.«

»Oh«, sagte ich, »da haben Sie sich aber rausgeputzt. Pendelnde Kindergärtner mit Anzügen und Head-Sets sind mir ja grundsätzlich suspekt. Ich mein, hätten Sie jetzt ›Banker‹ gesagt, hätte ich es verstehen können. Ich bin auch Banker, wissen Sie. Schwere Zeiten. Die Leute sind

frustriert und schieben uns die Schuld in die Schuhe. Alles Psychos, sag ich Ihnen.«
»Ich fürchte, ich muss hier austeigen.«
»Wie schade.«

Tja, so kann es gehen. Hauptsache, ich hatte meine Ruhe. Ersetzt wurde der nette Herr am nächsten Bahnhof durch eine junge Mutter mit zwei Kleinkindern. Meine Filmauswahl fiel in diesem Falle auf *Der Exorzist.*
Ich gab ihr keine fünf Minuten. »Lust auf einen kleinen Filmeabend?«

Freundschaftsdienste

Sonntagmorgen. 14 Uhr. Ich saß auf der Chaiselongue und rieb meine nackten Füße über den Perserteppich. Ein Tag wie jeder andere. Ich hatte bereits die Plastikwäscheklammern farblich sortiert und die Küchenschränke von innen geputzt. Man braucht schließlich auch mal eine kreative Pause. Meine Wäscheklammern sortiere ich des Öfteren, weil ich Würgekrämpfe bekomme, wenn jemand ein Bettlaken mit zwei verschiedenfarbigen Klammern aufhängt. Das bricht die Symmetrie. Da bin ich Ästhet. Am allerbesten kann ich jedoch entspannen, wenn ich spüle. Das warme schaumige Wasser an meinen Händen. Das Gefühl, etwas getan zu haben. Der Duft von Mandel-Kokos-Honig-Spülmittel. Pure Meditation. Kurz gesagt: Es gab immer genug zu tun. Noch kürzer gesagt: Mir war stinklangweilig.

Nun, ich hätte rausgehen und durchs Viertel flanieren können. Die Sonne schien, und die Welt rief nach mir. Zwar leise, aber sie rief.

Plötzlich klingelte das Telefon.

»Salmen, alte Butterbirne. Hast du spontan Zeit? Ich ziehe um und bräuchte noch ein paar fleißige Hände zum Anpacken.«

»Ach, hör mal … Ich sitze hier und hab sowieso grad nichts zu tun. Freue mich tierisch. Vielleicht backe ich vorher noch Plätzchen mit bunten Streuseln zur Stärkung deiner anderen Helferlein. Sag mir nur, wann und wo.«

»In einer Stunde bei mir.«
»Ludger, das war ein Witz. Ich hab den Arsch voll Arbeit.«
»Ach, komm schon. Das geht ganz schnell.«
»Ludger, hättest du mal einen Tag früher Bescheid gesagt, dann hätte ich alles umdisponiert. Du weißt doch, für meine Freunde tue ich alles. Ich sag ja immer, Frauen kommen und gehen. Freunde bleiben. Aber heute ist echt schlecht. Steuererklärung.«
»Im Dezember?«
»Warum nicht? Schon mal was von Frühbucherrabatt gehört?«
»Komm, wirklich jetzt. Das geht ganz fix. Wir machen Feuerwehrprinzip. Immer ein Kollege auf halber Treppe und dann wird die Kiste weitergereicht.«
»Ludger, ich will nicht wissen, wie du gezeugt wurdest. Fakt ist: Du musst mit solchen Aktionen schon was früher kommen. Was ziehst du auch ständig um wie so 'ne Wanderhure?«
»Salmen. Ich bin zweiundvierzig und wohne noch bei Mutti. Das ist mein erster Umzug.«
»Siehst du. So fängt es an. Das haben die ersten Akrobaten früher bestimmt auch gesagt. Erst mal nur das Elternhaus verlassen. Zack. Wanderzirkus. Vaudeville. Ständig auf Achse. Pass auf, ein anderes Mal helfe ich dir gerne, aber dann musst du es wirklich früher planen.«
»Was stellst du dich denn so an? Das ist 'ne Sache von einer Stunde. Ein paar Kartons schleppen. Fertig. Die großen Schränke sind alle schon vor Ort.«
»Ludger, diese Kartons haben sehr rauhe Kanten. Ich muss auf meine Hände aufpassen. Nicht, dass ich irgend-

wann Probleme beim Spielen bekommen. Klaviertasten muss man mit äußerster Sorgsamkeit behandeln. Dafür braucht man samtweiche Hände.«

»Seit wann spielst du denn Klavier?«

»Seit gestern.«

»Ach so. Dann zeig mal. Ich komm gleich vorbei.«

»Ist in der Reparatur. Hab die Klappe zugemacht, und vergessen, dass die Katze noch auf der Klaviatur saß. Jetzt bekomm ich den Siff nicht mehr aus den Fugen.«

»Du lügst doch, Salmen.«

»Komm vorbei. Ich beweise es dir. Du wirst sehen. Keine Katze mehr vor Ort.«

»Du hattest ja auch noch nie eine Katze.«

Ich merkte langsam, dass ich auf einer rationalen Gesprächsebene gegen Mauern lief. Es galt nun, auf Level 2 zu erhöhen – die emotionale Schiene. Umgekehrte Betroffenheitsebene.

»Ludger, als hättest du das mitbekommen. Wer war denn nie da, die letzten Jahre? Und jetzt stellst du mich hier auch noch als Lügner dar. Weißt du was? Ich bin nicht sauer, ich bin enttäuscht.«

Darauf erwiderte Ludger, dass er den Trick mit der umgekehrten Betroffenheitsebene kenne. Klar, wer mit zweiundvierzig noch bei Mutti wohnt, kommt da ja auch nicht drum herum.

Ich bin nicht sauer. Ich bin enttäuscht. Immer wenn ich diesen Satz zu hören bekam, dann wusste ich: Scheiße, die Nummer war zu krass.

Doch so schnell gab ich nicht auf. »Ich bin Künstler. Das weißt du doch. Kartons haben wirklich sehr rauhe Kanten.«

Ohne ein weiteres Wort zu sagen, legte Ludger einfach auf.
Man kann sich aber auch anstellen, dachte ich mir.

Nachdem ich sieben Stunden lang die Waschlappen im Bad gebügelt und die Fernsehsender neu programmiert hatte, überkam mich eine Art schlechtes Gewissen. Ich nahm den Hörer und wählte die vertraute Nummer.
Einige Minuten später klingelte es an der Tür. Der junge italienische Lieferdienstfahrer reichte mir die bestellte Pizza Quattro Stagioni, und ich war wieder versöhnt mit der Welt.
Da klingelte das Telefon erneut. Ludger.
»Salmen, weißt du, wegen vorhin, das tut mir leid. Ging alles schneller als gedacht. Ich komm mal eben vorbei und helfe dir bei der Steuererklärung.«
»Ludger, das ist jetzt ganz schlecht. Nein, wirklich. Mein Chef hat angerufen, ist wohl noch Arbeit liegengeblieben.«
»Dein Chef? Du bist doch selbständig.«
»Ja, ich habe mich selbst angerufen. Ist immer was zu tun. Steuererklärung.«
»Ja, siehst du, deswegen will ich dir doch helfen, du Depp.«
»Geht nicht. Ist geheim. Erzähl ich dir mal in Ruhe.«
Hektisch nahm ich den Whisky vom Schrank und goss mir ein Glas ein. Immer, wenn ich ein schlechtes Gewissen habe, trinke ich. Wenn ich etwas aus *Der kleine Prinz* gelernt habe, dann, dass man trinkt, um zu vergessen, dass man trinkt. Ich mag dieses Buch.

Ich werde nicht überdrüssig zu erwähnen, dass meine Freunde mir das Wichtigste sind. Wenn ich gebraucht werde, kann man auf mich zählen. Schwupsdiwups, und ich bin vor Ort. Ich sag ja immer: Frauen kommen und gehen. Freundschaften muss man hegen und pflegen, und sie bleiben fürs Leben. Trotzdem. Umziehen könnt ihr alleine. Danke. Bitte.

Gescheiterte Invasionen

Frank ist mein bester Freund. Warum, weiß ich auch nicht. Eigentlich ist er ein komischer Vogel. Aber aufgrund der Tatsache, dass andere Menschen noch komischere Vögel sind, hab ich mich irgendwann für ihn entscheiden. War dann das geringere Übel.
Frank ist einer von diesen Menschen, die eigentlich ein wenig zur Oberflächlichkeit neigen, dies aber an sich selbst anprangern und deswegen andauernd unglaublich tiefsinnige Dinge tun.
Pilgern zum Beispiel. Damals sind ja alle gepilgert, als dieses Buch von Hape Kerkeling herauskam. Da war Pilgern absolut im Trend. Kurz danach kam der nächste Trend. Gleich nach Pilgern. Pokern. Plötzlich fing jeder Depp an zu pokern, weil das nämlich total männlich ist. Pokern und Bier trinken. Und dabei Zwei-Euro-Zigarren rauchen und sich einmal im Leben fühlen wie ein echter Mafioso. Wenn die Mafiosi wüssten, dass deutsche Mittelständler mit Plastikbierflaschen in der Hand und H&M-Sonnenbrillen auf der Nase um schier gigantische Summen wie 1,50 Euro spielen, dann wären die bestimmt ganz schön eingeschüchtert.
Pilgern war damals jedenfalls sehr angesagt. Ich hab heimlich darauf gewartet, dass irgendwann in Santiago de Compostella die erste *Starbucks*-Filiale aufmacht, um die ausgetrockneten Pilgermenschen in ihren Partnerlook-*Camel-Active*-Windbreaker-Jacken mit diesem Chai-

Latte-Moccachino-Unfug zu versorgen. Aber ehe das geschah, war Pilgern wieder out.
Frank ist einer dieser Menschen, die auch Yoga für sich entdeckt haben. Und Meditations-CDs. Klingt wie in einem echten Wald. Knisterndes Laub. Vogelzwitschern. Wind.
So weit ist es schon gekommen mit den Menschen. Urbanisierung, wohin man blickt. Menschen ziehen in hässliche graue Wohnblocks im Stadtzentrum, und am Ende hören sie sich dann Waldgeräusche auf Meditations-CDs an. Das macht Sinn. Ich persönlich empfehle da ja: Gehen Sie in einen Wald. Man mag es kaum glauben, aber dort gibt es Waldgeräusche.
Jedenfalls ist Frank überdies einer jener Menschen, die sich in Buchhandlungen Lebensratgeber kaufen. Oder Bücher mit weisen Sprüchen. Glückskeksweisheiten mit so kleinen Buddhas auf dem Cover. *Träume nicht dein Leben, lebe deinen Traum.*
Franks Traum war schon immer, sich tätowieren zu lassen. Aber nicht einfach so wie alle, nein. Sein Tattoo sollte möglichst tiefsinnig sein. So richtig bedeutungsschwanger. Sind ja alle heute so bedeutungsschwanger, diese Tattoos. Wie zum Beispiel Notenschlüssel. Nein, wirklich!? Du magst Musik!? Du verrückter Firlefanz.
Frank für seinen Teil wollte sich einen Schriftzug aufs linke Schulterblatt stechen lassen. Irgendein toller Spruch, eine dieser Lao-Tse-Weisheiten. Schließlich entschied er sich für einen kleinen Schriftzug aus der Broschüre des Tätowierers. Man spricht hier vom sogenannten Katalogindividualismus.
Einige Tage später kam Frank nervös zu mir und sagte,

dass er endlich das Pflaster abmachen dürfe, er sich alleine aber nicht traue.
Energisch riss ich es ab und betrachtete den Schriftzug.
»Was soll das, mein Lieber?«
»Na ja«, sagte er, »das ist persisch und bedeutet ›kleiner Engel‹.«
»Ähm. Nein«, erwiderte ich, »das ist englisch und heißt ›kleiner Perser‹.«
Und tatsächlich, da stand es. Times New Roman, Schriftgröße viertausend: LITTLE PERSIAN.
»Ich glaub, der Mann hat dich falsch verstanden. Jetzt sieh mal zu, wie du da eine tiefsinnige Bedeutung reininterpretierst. Nun, du könntest behaupten, du wärst wirklich Perser. Immerhin – klein bist du ja.«
Das stimmte. Frank ist wirklich nur etwa 1,58 Meter groß, und mit viel Phantasie kann man ihn tatsächlich für einen Perser halten. Einen blonden, sommersprossigen Perser mit kölschem Dialekt. Einen, der tierisch auf Karneval und die Höhner steht und Sachen sagt wie: »Et kütt, wie et kütt.« Und: »Et hätt noch immer jot jegange.«
»Na ja, was soll's«, sagte Frank, »jetzt muss ich die Nummer auch durchziehen.«
Wie gesagt: Träume nicht dein Leben, lebe deinen Traum. Den Traum, ein Perser zu sein.
»Was tun wir denn nun?«, fragte er.
Ich grübelte kurz. »Wir könnten in Athen einfallen und die Herrschaft an uns reißen.« Ich schaute meinen persischen Freud erwartungsvoll an. »Aber zunächst sollten wir dich mit Schmuck behängen.«
Gut, zugegeben, vielleicht war meine Vorstellung von einem klassischen Perser ein wenig obsolet, aber was machte

das schon. Bereits eine Stunde später stand ich mit meinem neuen persischen Freund in einer Filiale von Bijou Brigitte, oder wie die Alte heißt. Geh da mal rein als Mann, da polterst du mit deiner Wampe alles um.
»Man reiche uns Schmuck, holdes Fräulein.«
Die Verkäuferin sah uns irritiert an.
»Was gucken Sie denn so?«, fragte ich. »Mein Freund Xerxes, seines Zeichens persischer Herrscher, möge üppig mit Gold und Silber behangen werden.«
Nachdem dies geschehen war, gingen wir zur Kasse.
»Was schulden wir Ihnen, edle Magd?«
Frank hatte vorsorglich sein Konto leer geräumt und wedelte mit einigen Fünfhundert-Euro-Scheinen vor der Verkäuferin herum.
»17,45 Euro.«
»Oha«, wunderten wir uns, »die Goldpreise scheinen gewaltig gesunken zu sein.«
»Nein«, sagte die Verkäuferin, »das ist bloß Plastik.«
Egal, merkt schon keiner.
Was nun? Wir brauchten einen fahrbaren Thron. Aus alten Sperrholzspanplatten, einem im Keller gefundenen Gartenstuhl und einem Satz abgefahrener Winterreifen bastelten wir also einen mobilen majestätischen Untersatz.
Und dann konnte es losgehen. Athen also. Die Peloponnesischen Kriege. Das konnte ja heiter werden. Wir gingen ins Reisebüro und wollten umgehend einen Flug nach Griechenland buchen. Die Angestellte teilte uns jedoch mit, dass Athen gerade ausgebucht sei und sie uns kurzfristig lediglich eine Reise nach Antwerpen anbieten könne. Mit dem Bus.

»Och. Warum nicht?«
Antwerpen. Athen. Was spielte das für eine Rolle? Ausland ist Ausland. Einen Tag später saßen wir mit einigen rüstigen Rentnern und ein paar Jugendlichen im Reisebus. Die Rentner schauten ein wenig verdutzt aus der Wäsche, als wir Xerxes' bereiften Plastikgartenstuhl neben ihre Rollatoren in die Gepäckablage quetschten. Aber ich glaub, die Jugendlichen fanden uns cool.
»Xerxes«, sagte ich, »sprich ein Machtwort.«
Xerxes stand auf und ging an das Busmikrofon.
»Kameraden«, sprach er, »lauschet den Worten des großen Xerxes, Herrscher des Persischen Reiches. Ihr habt die Ehre, euch meine treue Gefolgschaft nennen zu dürfen. Zusammen ziehen wir nun in den Krieg gegen Athen. Korrigiere, Antwerpen. Ihr, meine Krieger, macht eure Heimat stolz.«
Plötzlich stand ein iranischer Jugendlicher auf und sagte, dass es Persien in dieser Form gar nicht mehr gebe.
»Schweig, du Narr«, sagte Xerxes forsch. »Ausland ist Ausland.«

Die Reise war dann im weiteren Verlauf noch recht lustig. Zuerst spielten wir mit zwei netten Omis auf dem ausklappbaren Tischchen *Mikado* und aßen Plundergebäck. Danach rauchten wir mit ein paar Jugendlichen heimlich auf der Raststätte eine Zigarette. Als der Lehrer kam, waren alle Schüler verschwunden, und Xerxes bekam einen Eintrag ins Klassenbuch. Blöd gelaufen.
Nach einigen Stunden waren wir in Antwerpen angekommen. Nachdem wir unsere Zimmer im *Ibis*-Hotel bezogen hatten, zogen wir mit den anderen Pauschalreisetou-

risten um die Häuser und tranken Milchkaffee. Niemand wusste, was schon bald folgen sollte. Ein blutiger Krieg! Eine Schlacht, an die sich die Menschheit noch lange erinnern sollte. Eine Nacht, in der Helden geboren würden. Es war höchste Zeit, grausame Taten zu verrichten.
Dann haben wir Klingelmännchen gespielt und eine Straßenlaterne ausgetreten. Xerxes hat sich dabei den Fuß gebrochen. Aber das tat nichts zur Sache.
Plötzlich stand die Polizei vor uns.
»Guten Tag meine Herren, haben Sie gerade die Laterne ausgetreten?«
»Seid Ihr die Herrscher von Antwerpen?«
»Nein. Wir sind von der Polizei.«
»Verkündet Eurem König, dass ich, Xerxes, der kleine Perser, *[und dabei zeigte er auf sein Tattoo]* diese Stadt dem Erdboden gleichmachen werde, wenn sie sich mir nicht unterwirft.«
Der Polizist schaute auf Xerxes' Glitzerschmuck – ein kleiner Clip-Ohrring mit herunterbaumelnden Strass-Herzchen und eine Goldkette mit einem smaragdfarbenen Kleeblatt. Dann inspizierte er den Plastikgartenstuhl und fragte, ob wir getrunken hätten.
»Verdammt«, sagte ich. »aber so seht doch nur: LITTLE PERSIAN.«

Am nächsten Morgen wachten wir in der Ausnüchterungszelle auf. Ich sah Frank tief in die Augen. Er kaute auf seinem Bijou-Brigitte-Kettchen rum.
Oh weh …, dachten wir uns. Lebe deinen Traum – am Arsch.

Katzenbabys und Riesenanakondas

Einigen wird die Tatsache geläufig sein, dass es sehr lustige Ängste auf dieser Welt gibt. Zum Beispiel die Anatidaephobie, die Angst, von einer Ente beobachtet zu werden. Dann gibt es noch die sogenannte Hippopotomonstrosesquippedaliophobie. Dieser Begriff bezeichnet wiederum die Angst vor sehr, sehr langen Wörtern. Was es nicht alles gibt. Ich habe keine Ahnung, ob da wirklich etwas Wahres dran ist, mir jedenfalls ist damit nicht geholfen. Denn ich für meinen Teil habe Angst vor sehr, sehr langen Enten.

Enten sind in Horror- und Katastrophenfilmen bisweilen leider eher unterrepräsentiert. Hab ich persönlich kein Verständnis für. Weiße Haie, Oktopusse – alles wird verwurstet. Aber wo bleiben die Enten? Dabei kennt man das doch: Menschen gehen spazieren. Und – zack! – kommt da mir nichts, dir nichts eine sehr, sehr lange Ente vorbei. Und frisst einen auf.

Meinem Geschmack nach könnte man sich diese ganzen perfekt durchkonzeptionierten Kinofilme und *HBO*-Produktionen schenken. Denn ich bewerte ein kluges Drehbuch lediglich anhand der Menge darin vorkommender Riesenanakondas. Das spricht wahrscheinlich nicht sonderlich für meinen Intellekt, und ich würde Ihnen auch lieber etwas über französische Arthouse-Filme erzählen, aber, was soll ich sagen … Ich persönlich halte den 1998 erschienenen Spielfilm *Anaconda* mit Ice Cube und Jennifer Lopez in den Hauptrollen für den mit Abstand besten und klügsten Film aller Zeiten. *Django Unchained* zum Beispiel, und da kann Christoph Waltz sich schauspielerisch ein Bein ausreißen, mag von zahlreichen Filmfreunden als Tarantinos Meisterwerk gefeiert werden. Ich hingegen muss konstatieren: keine Riesenanakonda, kein Hai, keine Ente. Schwach.

Wie bin ich denn jetzt bloß auf das Thema Enten gekommen? Ach ja, es ging um Ängste. Neben meiner zunehmenden Angst vor langen Enten fürchte ich mich vor allen Dingen vor dem fortschreitenden Altern. Die meisten Menschen haben vermutlich Angst vor dem Älterwerden, weil sie sich fürchten, später wichtige Dinge verpasst und nicht alle Lebensziele rechtzeitig verwirklicht zu haben.

Mir geht es da genauso. Seit Jahren nehme ich mir vor, einen Jahrhundertroman zu schreiben. Und dann, jedes Mal, kurz bevor ich Stift und Papier zur Hand nehmen will, finde ich auf *YouTube* süße Katzenvideos. Ich möchte jetzt nicht den Kulturpessimisten raushängen lassen, aber die Welt wäre eine andere, wenn die Menschheit schon früher in den Genuss der ständigen Verfügbarkeit von Katzenvideos gekommen wäre.

Stelle ich mir ulkig vor, wie Tolkien vor einem leeren Blatt sitzt und vor sich hin grübelt ... *Ich werde nun eine neue fiktive Wirklichkeit erschaffen. Mit Abertausenden Charakteren, wirren Verflechtungen und Bezügen, einer neuen Welt mit eigener Kartographie und Zigtausenden von Subebenen. Einen Jahrhundertroman. Und ich werde sogleich damit beginnen. Klick. Oh, wie süß! Ein Kätzchen! Klick. Oh, noch ein Kätzchen. Putzig, putzig.*

Glauben Sie mir, den *Herrn der Ringe* hätte es nie gegeben. Katzenbaby-Videos haben aber auch ein Gutes. Die Clips machen zwar faul, aber sie lassen die Welt auch ein wenig friedlicher werden. Und ich glaube, Kim Jong-Un, dieser kleine unentspannte Speckmops, wäre unter dem Einfluss von Katzenbaby-Videos ein wesentlich ausgeglichener Zeitgenosse.

Aus meinem Jahrhundertroman ist derweil leider immer noch nichts geworden. Neben diesem Projekt verfolge ich kaum weiter nennenswerte Ziele im Leben. Aber eines, das steht auf der Liste ganz weit oben. Ich möchte, angelehnt an Mumford & Sons, eine Folklore-Cover-Band mit dem Namen Manfred & Hans gründen. Dann würde ich mit schnurrbärtigen deutschen Fernfahrern durch die Lande ziehen und bei Baumarkteröffnungen oder Möbelhausjubiläumsfeiern große Konzerte geben. Unsere Hits trügen Namen wie *Manfred On the Moon* oder *Ich will einen Cowboy als Manfred.*

Manfred & Hans. Ich sehe die Tourplakate bereits vor meinem geistigen Auge. Und ich muss diesen Traum in Erfüllung bringen, bevor ich eines Tages zu alt dafür bin. Vielleicht habe ich doch ein bisschen mehr Angst vor dem Erwachsenwerden, als ich denke. Bis heute habe ich zum Beispiel eine große Vorliebe für Fischstäbchen und Malzbier. Doch die Menschen werden mit zunehmender Adoleszenz seltsam, fangen an, Dinge wie Schwertfisch-Carpaccio zu essen und französischen Chardonnay zu trinken. Ich bevorzuge es da schlicht. Stelle mir schon vor, wie ich im Alter von fünfzig Jahren in einem hochklassigen Restaurant sitze. Alle trinken Wein und essen Jakobsmuscheln an mit Safran abgerundetem Hummerschaum.

Im Hintergrund smoother Bar-Jazz. Dann kommt der Ober zu mir …
Ober: »Guter Mann, was kann ich Ihnen bringen?«
Ich: »Einen Räuberteller.«
Ober: »Für Ihren Sohn?«
Ich: »Ja.«
Ober: »Ich sehe keinen Sohn.«
Ich: »Und ich sehe keinen Räuberteller.«
Für alle, die es nicht kennen: Beim Räuberteller bekommt man als Kind einen leeren Teller mit Besteck und kann dann das Beste vom Essen der Erwachsenen räubern. Kluges Konzept, wie ich finde. Und ich habe Angst, dass es so etwas bald nicht mehr geben wird.
Anderes Beispiel: der Nasendieb. Die Menschen entwöhnen sich. So werde ich immer, wenn ich in der U-Bahn fremden Menschen die Nase klaue, komisch angeschaut. Verstehe ich nicht. Sollte man viel öfter tun. Einfach mal zu einem dicken Mann gehen und Sachen sagen wie: »Wo ist die Nase?« Oder: »Das ist der Daumen, der schüttelt die Pflaumen.« Manchmal spucke ich auch in ein Taschentuch und wische Leuten großmütterlich über die Wange. »Du kleiner Stöpsel«, sage ich dann immer, »hast du kleiner Schlingel dich wieder bekleckert?«
Ich glaube, das mit der Seriosität wird bei mir nichts mehr. Erst gestern habe ich meine Steuererklärung gemacht. Mit Clipart-Grafiken. Seit ich Clipart entdeckt habe, halte ich mich für einen großen Grafikdesigner. Vergessen Sie Photoshop. Clipart ist für mich nach Windows Paint die größte ästhetische Errungenschaft des zwanzigsten Jahrhunderts. Nun baue ich ständig kleine Abbildungen von Katzenbabys zwischen die Sätze. Da kommt Stimmung

auf. Mahnbriefe, Versicherungsschreiben, Steuererklärungen – Platz für ein Katzenbaby ist da immer.
Langfristig betrachtet, sehe ich meine Zukunft definitiv im Bereich Web- oder Kommunikationsdesign. Bis es so weit ist, mache mich an die Gestaltung der Tourplakate von Manfred & Hans. Und sollte ich jemals einen Jahrhundertroman im ehrwürdigen Hause Suhrkamp veröffentlichen, beginne ich ihn mit folgenden Worten: »Ein willkürlicher Passant geht spazieren. Zack. Riesenanakonda.«

Vorlage

__________, den ____________

Liebes Finanzamt,

ich habe mich sehr über deinen Brief gefreut. Es ist schön, dass du mich schätzt. Wenigstens einer. Leider habe ich kein Geld. Schade.

Statt der gewöhnlichen Steuererklärung anbei ein paar Katzenfotos. Es ist zwar immer die gleiche Katze, aber sie ist wirklich sehr knuffig.

Dein _________

P. S.: Wenn du die Augen schließt, dann siehst du nix mehr. (Paolo Coelho)
P. P. S.: Ich habe eine Axt. (Psalm 23)

Eine kleine Ouvertüre der Belanglosigkeit

Der Mensch wird erst durch seine kleinen Fehler und Schwächen liebenswert. So ist es doch, nicht wahr? Sind es nicht diese kleinen Makel, die uns interessant machen? Steckt nicht viel Schönheit darin? Meist sind es doch diese ganz kleinen süßen Auffälligkeiten, die uns zu dem machen, was wir sind. Nehmen wir nur einmal meinen Sitznachbar im ICE. Seit zwei Stunden stößt er im Fünf-Sekunden-Takt auf und versprüht seine aromatische Magensäure wie Duftspray im gesamten Abteil. Zwiebelmett ist ja bekanntlich das Lavendel des kleinen Mannes. Da denke ich mir dann wirklich: Ist er nicht liebenswert, der kleine Fratz?

»Entschuldigung, dieser Sitzplatz ist schon reserviert«, hat er vorhin höflich gesagt. »Dürfte ich Sie bitten, auf den Gangplatz zu rutschen, damit ich mich an die Fensterseite setzen kann?«

»Herzallerliebst«, habe ich geantwortet. Ich präferiere ohnehin den Gangplatz. Lasse mir gerne grobe Gegenstände und kleine Kinder gegen die Knie poltern. Denn wenn es schmerzt, fühle ich, dass ich lebe. Außerdem blicke ich nicht gerne aus dem Fenster. Immer diese Landschaften. Dieses Grün. Diese Sehnsucht. Das ist ohnehin nicht so meins. Da bin ich kein Freund von. Von Sehnsucht. Und Klischees.

»Kommen Se rein, können Se rausgucken«, habe ich dann

gesagt, denn so etwas sage ich sehr gerne. Genauso wie: *Ich stück mal ein Rück.* Einen kessen Spruch hab ich für meine Mitmenschen jederzeit auf den Lippen. *Zum Bleistift.* Macht es mich nicht furchtbar interessant, wenn ich ständig *Zum Bleistift* sage? Wissen Sie, das Verrückte ist ja, dass es eigentlich *Zum Beispiel* heißt, aber die phonetische Vokalabfolge von *Bleistift* und *Beispiel* identisch ist. Drückt es also, wenn ich *Zum Bleistift* sage, nicht aus, dass ich ein sehr sprachverliebter Mensch bin, der sich Gedanken macht, wie er diese triste Welt ein wenig verzieren kann? Ich denke schon, dass es das tut. *Kommen Se rein, können Se rausgucken.* Klingt beim ersten Mal ganz logisch. Aber wissen Sie, das Paradoxon besteht doch im Bruch der Kausalkette. Wenn man sich nämlich draußen aufhält, muss man nicht hineingehen, um zu sehen, was draußen geschieht. Denn da ist man ja bereits draußen. Wenn man reingeht, will man doch sehen, was drinnen vor sich geht. Oder man möchte sich wärmen, das Gespräch suchen oder sich am Anblick der Rauhfasertapete ergötzen. Da stellt man sich nun einmal nicht ans Fenster, wenn man gerade erst draußen war. Deswegen ist es ganz schön kess von mir, dass ich das immer so sage. Bin ich nicht ein bunter Vogel? Wirke ich nicht nahezu kolibriesk koloristisch im grauen Schleier dieser lustlosen und trägen Gesellschaft, wenn ich *Zum Bleistift* sage? Oder etwa *Grüner wird's nicht.* Der Witz an *Grüner wird's nicht* ist ja folgender … Ich schweife ab.

Jedenfalls hat dieser Mann sich dann neben mich gesetzt. So weit, so gut. Klar, hätte ich da denken können: Oh, wie schön. Eine gute Gelegenheit, das Gespräch zu suchen und sich zu begegnen.

»Begegnen« ist ein sehr schönes, leider jedoch inflationär gebrauchtes Wort. Deswegen heißen die ganzen Kirchen und Synagogen heute auch Begegnungsstätten. Man sollte ein Schild an diesem ICE anbringen: *Verkehrsmittel UND Begegnungsstätte.* Damit die Menschen sich wieder näherkommen. Man spricht heutzutage ja auch so selten miteinander. Die Welt ist so kalt geworden. Natürlich hätte ich sagen können: »Es ist schön, dass Sie neunundzwanzig Jahre vor Reiseantritt einen Sitzplatz reserviert haben. Natürlich ist es gut, dass Sie sich gefragt haben, wie Sie sich gezielt auf diese lange Reise vorbereiten könnten, und natürlich freut es mich, dass Sie dabei zu dem Entschluss gekommen sind, im Vorfeld der Zugfahrt guten Gewissens fünf rohe Zwiebeln zu essen. Und JA, es ist schön, dass Sie schwitzen und sich dennoch bewusst gegen den Gebrauch umweltschädlicher Deodorants entschieden haben. Diese Symbiose aus Schweiß und Zwiebeln ist geradezu eine olfaktorische Ouvertüre.«
»Wie bitte? SIE möchten sich auch hierhin setzen?«, würde ich den nächsten Fahrgast fragen. »Warum? ... Ach, weil da eine Steckdose ist? Hmm. Und wofür brauchen Sie eine Steckdose? Ach, Sie möchten Ihren Tagebuch-Blog aktualisieren. Ja, gerne doch. Es ist doch so schön, wenn Menschen diese Sprachrohre nutzen. Wir alle sollten wieder vielmehr kommunizieren. Setzen Sie sich doch. Ach nein, geht ja nicht. Ich brauche diese Steckdose selbst. Warum? Gute Frage! Ich glaube, ich möchte ein wenig staubsaugen. Ich werde Sie jedoch benachrichtigen, sobald ich des Saugens überdrüssig bin.«
Und dann würde ich durch das Abteil rennen und wild empört brüllen: »Nehmen Sie Ihre Füße hoch, ich möchte

JETZT diesen Krümel wegmachen. Einfach nur, weil ich das Geräusch so liebe, wenn dicke, klumpige Gegenstände durch Metallrohre poltern. Ach, und diese Steckdose brauche ich übrigens auch, denn ich möchte JETZT mein neues Dampfbügeleisen ausprobieren. Hui! Bügeln und Saugen parallel ist ganz schön schwierig. Jetzt hab ich doch glatt einmal nicht aufgepasst, und schwuppdiwupp ist Ihr dickes Kind im Sauger gelandet. Quel malheur. Und ich sage bewusst schwuppdiwupp, weil ich es liebe, mein eigenes Verhalten akustisch zu untermalen. Schwuppdiwupp. Quel malheur. Sagt es nicht viel über mich aus, wenn ich Dinge wie *quel malheur* sage? Zeigt es nicht, dass ich ein frankophiler und weltoffener Kosmopolit bin?«

Verstehen Sie mich jetzt bitte nicht falsch. Ich mag Menschen. Zumindest mag ich es, sie zu verabscheuen. Misanthropie ist wirklich ein sehr schönes Hobby. Ohne die Menschen wüsste ich doch gar nicht, worüber ich schreiben sollte. Voltaire hat damals gesagt: »Da ich nun einmal nicht imstande war, die Menschen vernünftiger zu machen, war ich lieber fern von ihnen glücklich.« Was sagt uns das? Voltaire war nicht nur ein feiger Lappen, sondern auch noch ein arrogantes Arschloch. Und jetzt lassen Sie mich gefälligst staubsaugen.

Flirtgötter

Von Frank habe ich ja bereits erzählt. Ein lustiges Kerlchen. Er ist einer dieser Menschen, die es witzig finden, mit bedruckten T-Shirts rumzulaufen, auf denen philosophische und spirituelle Weisheiten stehen. *Ich bin der König von Mallorca. Berufsbezeichnung: Bikini-Inspektor. Wenn Bier leer, dann hier nachfüllen.* Er ist ein Freund von Lebensmottos. Ob auf Shirts, Kaffeetassen, Autoaufklebern oder bei Tattoos, Frank liebt das subtile Statement. Jedenfalls ist er der Einzige von uns, der seine T-Shirts nicht in der Herrenboutique, sondern auf der Kirmes kauft. Seine Chancen, in diesem Leben in Kontakt mit dem weiblichen Geschlecht zu kommen, sind, na ja, sagen wir mal, suboptimal. Selten hört man von Frauen, die Dinge sagen wie: »Mensch, Anke, vom Charakter her war der jetzt nicht so knorke, aber er trug so witzige Sprüche-T-Shirts. Ich glaube, ich möchte mit ihm schlafen.«
Frank ist siebenunddreißig, Student im neunundzwanzigsten Fachsemester und leidenschaftlicher Fan von Adler-Olsen, dem dänischen Kriminalautor. Zudem ist Frank stolzer Besitzer eines sogenannten Doppelbauches.
Es gibt ja bekanntlich zwei Sorten von dicken Bäuchen:

1. den soliden Kleingärtnerbauch. Er ist prall, voluminös und stabil. Tritt auf im Alter zwischen vierzig und sechzig. Bevorzugte Umgebung: Vereinsheime, Kegelclubs und Kleingartenkolonien. Soll wahrscheinlich

eine männliche Schwangerschaft simulieren, um sich vor Arbeit zu drücken.
2. den Doppelbauch. Er ist wabbelig und hängt wie eine Schürze über dem Gürtel. Beim Doppelbauch hat der Bauch quasi einen weiteren Bauch. Wie ein Helm. Und wenn man ihn seitlich anfasst, kann man damit lustige Dinge formen. Ärsche zum Beispiel.

Frank ist mächtig stolz auf seinen Vorbau.
»Hat viel Zeit und Geld gekostet«, sagt er immer. »Frauen stehen doch auf definierte Körper, und wenn das mal nicht definiert ist, dann weiß ich auch nicht.«
Ich erinnere mich, als wäre es gestern gewesen. Eines Tages, wir waren ungefähr vierzehn Jahre alt, hat er sich im Freibad vor einem auf der Wiese liegenden Mädchen positioniert, stolz auf seine dicke Wampe geklopft und laut verkündet: »Kuckuck, da ist die Kiste.«
Frank ist einer der wenigen Menschen, die den Kleingärtnerbauch schon zu Schulzeiten entwickelten. Damals waren wir noch Mitglieder einer klassischen Cover-Boyband (angelehnt an Touché und die sagenumwobenen Jungs von The Boyz), mit der wir jedes Jahr auf Schulfesten mühevoll choreographierte Herzschmerz-Nummern aufführten, um die Herzen der Mädels zum Schmelzen zu bringen. Die Backstreet Boys beherrschten wir am besten, nur dieser Kevin stellte eine Herausforderung für uns dar, weil er wie eine junge Version von Theo Weigel aussah und wir niemanden mit solch wuchtig-buschigen Augenbrauen fanden – bis auf Saskia aus der Parallelklasse, aber die wollte partout nicht in einer Boyband mitspielen. Ich jedenfalls schlüpfte auf diversen Festen und Partykeller-

Geburtstagsfeiern in die Rolle von Nick Carter. Dafür musste ich mir zwar die Haare färben, hatte aber damals exakt denselben pilzartigen Pottschnitt wie mein Idol. Man hätte meinen können, mein Friseur wäre Ray Charles gewesen.

Unsere Choreographien studierten wir über mehrere Wochen hinweg nächtelang bei Moritz im Hobbykeller ein. Heraus kam außer einer unbeholfenen asynchronen Schwenkbewegung der Arme nicht viel. Der gekippte Scheibenwischer. Funktioniert zehn Sekunden. Danach wird's peinlich. Aber da mussten wir jetzt durch. Und schon bald quälten wir die gestressten Mitschüler und Eltern mit einem vierzigminütigen Medley von »Quit Playing Games«. Dann gingen wir über zu »Tearing Up My Heart« von 'N Sync, »Je te donne« von Words Apart und »Let Me Show You the Way« von The Boyz. The Boyz, ganz keck mit einem ›z‹ geschrieben, um sich die Street Credibility zu bewahren, waren die Knüller unter den Boybands. Ich war Florian ›the Flow‹ Fischer, heimlicher Anführer der Kapelle, und da dieser Florian exakt so aussah wie Nick Carter und ich so zwei Fliegen mit einer Klappe schlagen konnte, handelte es sich bei der Show um eine ganz und gar abgerundete Darbietung. Der Applaus war dennoch eher spärlich. Vereinzelte Buhrufe und Schmierwurstbrötchen auf der Bühne.

»Was machen wir jetzt?« Verwirrt schaute ich mich um.

Frank, in der Rolle von AJ, ging an den Bühnenrand. Alle Blicke waren auf ihn gerichtet. Seine Show sollte beginnen. Er schlich sich jedoch von dort aus ins Publikum, ging mit seiner Sonnenbrille auf der Nase zu Sandra, dem hübschesten Mädchen der gesamten Klasse, hob wie in

Zeitlupe sein T-Shirt hoch, streckte seinen Wanst, so weit es ging, heraus und schnurrte: »Kuckuck. Da ist die Kiste.«
Was danach passierte, weiß ich nicht mehr genau, aber einen Tag später waren die beiden ein Paar. Zumindest für zwei Wochen. Wahre Geschichte.
Flirten war, sagen wir mal so, damals nicht gerade unsere Stärke. Vermutlich agierten wir zu hölzern und unbeholfen. Mit der Zeit entwickelten wir allerdings eine erfolgreiche Methode, mit der wir Damen auf uns aufmerksam machten. So gingen Frank und ich im Alter von ungefähr fünfzehn Jahren oftmals in Cafés oder Kneipen und plazierten uns an den Nachbartisch von hübschen Mädchen. Dann kam der Dritte ins Spiel. Jens.
Er schlich sich langsam an unseren Tisch und fing an, in unüberhörbarer Lautstärke mit uns zu reden: »Ich fasse es nicht. Sind Sie nicht dieser bekannte Schauspieler? Und sind Sie nicht … Nein, das kann nicht sein. Krähe Sörensson, der bekannte Autor, der Verfasser solch weltbekannter Bestseller wie *Die Reiher* oder *Die Stille in mir.* Dass ich Sie mal persönlich treffe. Nein, ich fasse es nicht.«
Zwar war es ein wenig unrealistisch, dass zwei fünfzehnjährige Teenager in Motivpullovern mit weltweit bekannten Filmschauspielern oder Kriminalautoren verwechselt würden, aber die Aufmerksamkeit der Mädels war uns gewiss. Wir orientierten uns bei dem Namen Krähe Sörensson am skandinavischen Bestsellerautor Adler-Olsen und dachten uns, irgendwas mit Vögeln passe ja immer. Jens beherrschte seine Rolle perfekt. Er war ein leidenschaftlicher Schauspieler. Das lag daran, dass er sehr viel übte, sich zum Beispiel manchmal in Kneipen zentimeternah hinter willkürliche Gäste stellte, eine Art Walkie-Tal-

kie an sein Ohr hielt und flüsterte: »Zielobjekt gefunden. Schwarze Mütze, grauer Mantel. Scharfschützen bereithalten.« Und immer, wenn ihn jemand mit unterdrückter Nummer anrief, sagte er in seiner Bruce-Willis-Stimme: »Auftrag erledigt. Die Leiche kann entsorgt werden. Danke für den Rückruf, Rüdiger.« In Sachen Schauspielkunst war Jens eine sichere Bank, was zumindest gewährleistete, dass die mangelnde Qualität seiner an Daily Soaps erinnernden Dialoge kaum auffiel.

»Krähe Sörensson und James Braveheartourough! Unfassbar. Ich hab gehört, Sie seien wieder Single. War ja gestern in allen Boulevardblättern.«

Gut, so langsam wurde es unglaubwürdig. Wir gaben Autogramme, ließen uns mit ihm fotografieren und dann zog er von dannen. Jetzt galt es abzuwarten. Und tatsächlich, die Mädchen schienen neugierig geworden zu sein und pirschten zu uns herüber.

»Entschuldigung, dürfen wir uns zu euch setzen?«

Nun war es von größter Wichtigkeit, Überlegenheit und Souveränität zu demonstrieren.

Frank raunte in seiner James-Bond-Stimme: »Klar, Baby. Wir trinken ein, zwei Drinks. Martini, Whisky, Champagner – was ihr wollt. Und dann gehen wir hoch auf mein Zimmer und haben eine Runde Spaß.« Dabei lächelte er selbstsicher.

Die Ladys willigten ein, und dann ging es ab in die Kiste. Das klingt im Nachhinein natürlich nach einer tollen Geschichte. Ist aber gelogen. In Wahrheit raunte er nur: »Oh, Gott. Ein Mädchen!«, fing an zu sabbern und fiel in sich zusammen wie ein Sack Kartoffeln.

Ich erinnere mich noch grob, dass Frank es mal in die Vorauswahl von *Wer wird Millionär* geschafft hat. Dort werden die potenziellen Kandidaten anfangs immer kurz und knapp vorgestellt, während sie ganz kess in die Kamera grinsen. Uwe aus Bocholt: kann erstklassig Tretboot fahren. Svenja aus Hückeswagen: mag Paolo Coelho und grobe Leberwurst. Jochen: kann kochen. Dann kam Frank, hielt seine pralle Wampe in die Kamera, und die Stimme aus dem Off sagte nur: »Kuckuck, da ist die Kiste.«

Von Kindern und Rasenmähern. Oder: Die Ästhetik des Aktenvernichtens

Kinder sind etwas Wunderbares. Wirklich. Ich liebe Kinder. Und wenn ich eines an Kindern ganz besonders liebe, dann ist das ihre aufrichtige, unbekümmerte Ehrlichkeit. Als ich damals meinen Zivildienst an einer Grundschule beendete, haben die Kinder mir zum Abschied ein kleines selbstgebasteltes Buch zur Erinnerung gestaltet. Buntstiftzeichnungen, lustige Verse, kleine Gedichte – es war ein monumentales Werk. Dann, auf Seite fünfzehn, hatte Rahim, sieben Jahre alt, Folgendes verfasst: »Lieber Herr Patrick, ich wünsche dir ein neues Leben.« Bis heute weiß ich nicht, was der kleine Mann mir damit sagen wollte. Ich bitte Sie also im Vorfeld zu entschuldigen, wenn mir die nachfolgende Geschichte ein wenig entgleitet.

Es gibt Situationen im Leben, in denen mir wohl manchmal schlicht und einfach das nötige Feingefühl fehlt. Babys zum Beispiel. Reizthema. Wenn man nämlich ehrlich ist, sind Babys nicht unbedingt immer schön anzusehen. Kürzlich erst war ich zu Gast bei Freunden, die mir voller Stolz ihren Nachwuchs präsentierten.

»Hier, schau mal, unser Kind. Ist es nicht süß?«

Ich zögerte. »Nein! Wenn ich ehrlich bin, sieht es aus wie ein Pfund grobe Teewurst. Kommt ganz nach dem Vater.«

Warum sollte ich lügen? Es war die Wahrheit.

»Willst du's mal halten?«

Warum hätte ich es denn halten sollen? Und überhaupt, was ist das für eine Frage? Man stelle sich das Ganze mal beim Metzger vor: »Hier! Fünfhundert Gramm Nackenkotelett. Wollen sie es mal halten?«

Aber schön, dass die glücklichen Eltern mir diese Kompetenz zutrauten. Ich gebe ja zu, ich kann jetzt nicht *so* viel, aber Dinge in der Hand halten, das bekomme ich grad noch hin.

Sie fragten mich also erneut, ob ich dieses Privileg nicht in Anspruch nehmen wolle.

»Nein. Danke.«

»Jetzt nimm es doch mal. Du musst doch lernen, damit umzugehen. Kinder sind unsere Zukunft.«

»Ja, ja«, murmelte ich. »Der Atomkrieg ist auch unsere Zukunft.«

»Ach komm, er hat sich doch ganz prächtig entwickelt.«

»Klar. In fünf Jahren wird der Kleine in den Spiegel gucken und sich sagen: *Hey, ich sehe zwar aus wie Gehacktes und hab das ausgeglichene Gemüt eines Rammstein-Konzerts, aber jetzt verwandele ich mich doch einfach mal in Sankt Martin.*«

»Ich bitte dich. Unser Junge ist hochbegabt. Er kann sogar schon Klavier spielen.«

»Na ja«, grummelte ich, »wenn das mal ein Trost ist.«

Ich musterte das Kind von oben bis unten. Ein bisschen putzig war es ja schon. Ich überlegte kurz, ob ich es nicht einfach mitnehmen sollte. Das wäre doch mal was anderes. »Hier, Schatz, ich habe dir ein Kind mitgebracht.« Warum nicht?

Ein besseres Geschenk als jenes für meine letzte Freundin

Saskia wäre es allemal geworden, wobei ich dazu sagen muss, dass ich es damals recht eilig hatte und nur noch am Bahnhof einkaufen konnte. Souvenirtassen sind albern, und mir blieb eben nichts anderes übrig. Das anschließende Szenario lässt sich in einem kurzen Dialog zusammenfassen:

Ich: »Hier, Schatz, zum Geburtstag.«

Sie: »Was ist das?«

Ich: »Ein Schinken.«

Sie: »Ein Schinken?«

Ich: »Ein Schinken.«

Unsere Trennung war nur noch ein Akt der Förmlichkeit, und wenige Tage später gingen wir getrennte Wege.

Dann, vor wenigen Wochen, kam der Tag, Gott verfluchte ihn, seit dem ich, wann auch immer ich ein Kind sehe, egal, wie wulstig und puterrot es auch ist, nur denke: ach, wie putzig. Gut, bei meinem Klo denke ich auch immer, putz ich, und im Endeffekt macht das dann auch keiner. Aber diesmal wirklich. Putzig! Speckig, aber putzig.

Es kommt auf alle Fälle immer mal wieder vor, dass man bestimmte Dinge unbedingt haben möchte. Einfach so. Weil gerade der Reiz da ist. Ich bin ganz besonders anfällig für so was. Wenn ich etwas haben will, wird es angeschafft. Beispiel: ein fahrbarer Rasenmäher. Viel zu teuer, der Mist. Hab ich mir trotzdem gekauft. Dabei besitze ich überhaupt keinen Garten. Nächstes Beispiel: Aktenvernichter. Auch so eine Sache. Ich erinnere mich da noch gut an eine kleine Debatte mit der Freundin:

»Schatz, ich brauche einen Aktenvernichter.«

»Wofür?«

»Zum Aktenvernichten.«
»Welche Akten?«
»Geheime Akten.«
»Was hast du denn schon für geheime Akten?«
»Fällt dir was auf? Nein? Wenn du das wüsstest, wären sie nicht geheim.«
»Schatz, wir müssen uns nichts vormachen. Du hast keine geheimen Akten. Das Einzige, was in unserem Briefkasten landet, ist der Supermarktprospekt.«
»Siehst du. So was ist geheim. Du willst ja gar nicht wissen, was die für krumme Dinger drehen. Außerdem hat dieser Aktenvernichter einen symbolischen Wert.«
»Welchen?«
»Vernichtung.«
»Was willst du denn vernichten?«
»Dich. Eigentlich will ich dich vernichten. Ich fürchte mich vor dir. Du engst mich ein.«
»Wir kennen uns doch erst zwei Tage.«
»Siehst du, und schon willst du mir einen Aktenvernichter verbieten.«
Ich schweife ab. Eigentlich wollte ich über Kinder reden. Ich selbst wollte früher nie eigene Kinder haben, da ich mich dafür stets zu unreif fühlte. Ich überlegte mir also stattdessen, wie ich erst mal passiv in die Vaterrolle hineinwachsen könnte, um so herauszufinden, ob das was für mich ist. Nun musste ich irgendwie in Kontakt mit Kindern kommen, aber meine ganzen verheirateten Kumpels gingen mir leider allesamt auf den Keks, seitdem sie Kinder hatten. Uwe, zum Beispiel, hat seinen fünfjährigen Sohn bei irgendwelchem Fernseh-Casting-Unfug angemeldet, bloß weil der Junge Gitarre spielen kann. Dass

der kleine Mann dafür weder laufen noch sprechen kann, verschweigt er natürlich. Kai hingegen lädt dauernd Fotos von seinem Sohnemann in diesen sozialen Netzwerken hoch. Das fing schon bei der Geburt an. Wenn ich eines nicht bei Facebook sehen will, dann sind es Bilder von schwangeren Bäuchen. Nicht, weil ich das unästhetisch finde, sondern schlichtweg, weil das etwas sehr Intimes ist. Es folgten Bilder von Sohnemanns Geburt, Sohnemanns erster Fütterung und Sohnemanns erster Kackwurst. Was willst du da machen als Kind? Da hast du selbst natürlich nicht viel mitzureden. Was sind das nur für Menschen, die ihre albernen Familienvideos zu *Upps! Die Pannenshow* schicken. *Seht mal, mein dreijähriger Sohn fliegt jeden Moment von der Schaukel und landet mit der Fresse frontal in der Steinmauer. Gut, er ist jetzt querschnittsgelähmt und auf einem Auge blind, aber den Gag war es doch wert.* Nee, nee. Ich verstehe das alles nicht.

Und weil ich Angst habe, letztlich genauso zu werden und meine Kinder mit Marionetten zu verwechseln, wollte ich erst einmal üben.

Nach langem Suchen ergatterte ich ein Leihkind – die kleine Tochter meiner chinesischen Nachbarin. Ich werde oft auf dem Spielplatz angesprochen, ob das Kind von mir sei:

»Warum haben Sie ein chinesisches Kind?«

»Warum haben Sie *kein* chinesisches Kind? Chinesische Kinder sind viel süßer als andere Kinder. Schauen Sie sich doch mal um? Da hinten zum Beispiel, der kleine Speckmops auf dem Klettergerüst. So etwas ist doch nicht schön.«

»Das ist mein Kind!«
»Sehen Sie. Hätten Sie besser auch einen Chinesen. Dann wären Sie auch nicht so verbittert und würden den ganzen Tag eine Flappe ziehen. Mit so einem Kind könnte ich auch nicht glücklich werden.«
»Also hören Sie mal, der Junge ist mein ganzer Stolz. Ich liebe ihn über alles.«
»Ich bewundere Ihren Optimismus.«
»Was für eine Unverschämtheit … Das muss ich mir nicht anhören.«
Was sollte ich jetzt noch sagen? Es war ja gar nicht böse gemeint. Obwohl …
Ich erinnerte mich an Rahim und sagte: »Ich wünsche Ihnen ein neues Leben.«
Die Frau stand auf und zog empört von dannen.
Mensch, was war die sensibel.

Aufzeichnungen eines Griesgrams

Heute stand in meinem Gute-Laune-Katzenmotiv-Abreißkalender: *Lächle drei unbekannte Menschen an.*

Oha, dachte ich mir, ist ja voll mein Ding. Überhaupt sind die klasse, diese Kalender. Bekomme ich oft geschenkt, die Dinger. Kalender, wohin man blickt in meiner Wohnung. Neulich hatte ich Geburtstag und bekam von einem meiner Gäste einen Rosina-Wachtmeister-Katzenkalender. Na, wunderbar. Der hat mir gerade noch in meiner Sammlung gefehlt. Aber das Highlight kam erst noch: ein Motiv-Kalender, in dem Säuglinge in Blumentöpfen stecken. Eine prima Sache ist das. Hätte ich Kinder, würde ich sie auch in Blumentöpfe stecken. Leider habe ich weder Kinder noch Blumentöpfe. Meine Freundin wohnt neuerdings im Spülbecken. Hat sie mal in einem Katzenkalender gesehen. Sah super aus. Was für ein kranker Wahnsinn! Da wird einem permanent eingeredet, man solle nicht mit Essen spielen oder alte Menschen umschubsen – aber kleine Kinder stecken sie in Blumentöpfe. Mit Salat auf den Köpfen. Um der Kunst willen. Na, herzlichen Glückwunsch. Ständig erzählen mir irgendwelche Menschen was von moderner Ethik, aber Kinder in Töpfe stecken, das können sie, diese Doppelmoralisten. Jedenfalls muss ich nun immer, wenn besagter Gast kommt, diesen Kalender extra aus dem Keller holen und ihn mitten ins Wohnzimmer hängen. Man will es sich ja nicht verscherzen. Irgendwann hatte ich auf diesen lästigen Vorgang jedoch keine Lust mehr. Das lag wohl daran, dass der Gast meine Freundin war und ein Zimmer in meiner bescheidenen Maisonette-Wohnung beanspruchte. Und jeden Abend den beschissenen Kalender hochzuholen war mir dann auch irgendwann schlichtweg zu aufwendig. Nicht, dass ich keinen schönen Keller hätte, aber da trifft man ständig Leute, die man eigentlich nicht treffen will. Zum Beispiel meinen Nachbarn, den garstigen Gandalf. Der sitzt jeden Tag dort inmitten seiner Winterreifen, morschem Sperrholz und der Christbaumbeleuchtung und liest seine alten Bastei-Groschenromane. Habe ihn mal gefragt, warum er da sitze. Der Grund schien schlüssig: Er habe sich für den anderen Weg entschieden, in seiner Wohnung all die Katzenkalender aufgehängt und beschlossen, selbst im Keller zu leben. Warum er das Vorhängeschloss zugemacht habe? Na, um sich selbst zu schützen. Nun ernährt er sich von alten Gulaschkonserven und Großmutters Brombeerkonfitüre. Der hat's richtig gemacht. Dann und wann lieh ich mir von ihm alte *ADAC*-Zeitschriften oder Johannes Simmel-Romane und fristete mein abendliches Dasein in der Waschküche. In besagter Waschküche wohnt übrigens eine alte Frau, die stets beobachtet, wie ihre Spannbettlaken trocknen. Ihre Beweggründe scheinen ähnlicher Natur: In ihrer Wohnung lebe ein alter Mann auf dem Fernsehsessel und schaue den ganzen Tag lang Tierdokumentationen oder NS-Propagandareden auf seinem Röhrenfernseher.

Aber zurück zur Geschichte. *Lächele drei unbekannte Menschen an.* Ich bin ja schon öfter mal ganz gut gelaunt und einigermaßen lebensfroh, aber warum soll ich deswe-

gen direkt lächeln? Ich finde, lachende Menschen strahlen oft eine gewisse Naivität und Dummheit aus. Das macht sie zwar irgendwie auch wieder sympathisch, aber trotzdem habe ich Angst vor ihnen. Erinnern mich immer an Hühner, denen man den Kopf abgeschnitten hat, die dann aber trotzdem noch mal quirlig durchs Gehege eiern.
Ich halte es mit meinem Gesicht ja vorzugsweise wie die Schweiz oder ein Krankenhauswartezimmer: neutral. Die anderen sollen nicht wissen, was in mir vorgeht. Ich bin ein Geheimnis. Ich möchte entdeckt und erobert werden. Neuerdings überlege ich mir aber doch hin und wieder, wie ich denn nun ein positiverer Mensch werden könnte. Um mich herum sind alle quickfidel, und ich hänge hier herum mit meinem Wartezimmergesicht. Lethargisch, apathisch, tragisch. Auf Dauer nicht tragbar.
Aber zurück zum Kalender. Lächeln? Drei Fremde? Ich überlegte, wann ich das letzte Mal so richtig herzlich gelächelt hab. Hmm ... Kindergarten war ganz knorke. Ich war mal Einkaufszentrum-Kind des Monats. Hab alle rumgekriegt mit meinem verspielten Charme. Hach, was war ich quickfidel. Buden bauen, basteln, Bilderbücher. Das war fein. Und plötzlich dachte ich an die Raupe Nimmersatt und an Frederik, die Feldmaus. Frederik, dieser kleine Held, der Poet, der loszog, während die anderen gearbeitet haben, und Wörter, Farben und Sonnenstrahlen sammelte. Mann, war der positiv. So wollte ich auch mal werden. Und nun? Nun sammele ich stattdessen Weltschmerz, Regen und Grautöne. Mein Leben ist monoton, monochrom. Ich bin ein Monolith in Anthrazit in der Brandung der Euphorie. Ich bessere mich zwar langsam. Lächeln muss dann aber trotzdem nicht sein. Aus so einer

Raupe wird ja jetzt nicht sofort ein Schmetterling – die Metamorphose ist ein langer Prozess.
Inzwischen habe ich recherchiert, Archive gewälzt und Bücher über das Glück und die Vitalität gelesen. Ich habe mich wochenlang isoliert und vom Fenster aus Menschen beobachtet und Studien entwickelt. Nach einigen Jahren ist es mir gelungen, zur alles umfassenden Erkenntnis zu gelangen. Ich habe das Requisit der Quickfideligkeit ausfindig gemacht, das, was sie alle vereint. Und dann hab ich's mir gekauft: einen Flechtkorb. Einen mediterranen, beigefarbenen, fransigen Flechtkorb. Und potzblitz ... es wurde besser. Jeden Morgen stand ich nun auf und dachte mir: Guten Morgen, Sonne. Wie schön sich dein schimmernder Strahl doch in meinem Jasmintee bricht. Was hab ich eine Laune. Wo könnte ich mit meinem fluffigen Wesen und dem fransigen Flechtkorb wohl hinflanieren?
Jedenfalls wollte ich dem Rat meines Kalenders Folge leisten und zog los, ging mit meinem fransigen Flechtkorb und der neugewonnenen Glückskeksmentalität ins benachbarte Industriegebiet und lächelte den ersten Menschen an, der mir bei meinem Ausflug begegnete.
»Was machst du da?«, fragte der Mann, der just in diesem Augenblick die Laderampe seines Lkws zuzog.
Ich zeigte auf meinen Korb, grinste über beide Ohren und sagte: »Ich sammele Farben.«
»Jetzt nimm das Grinsen aus'm Gesicht, sonst sammelst du gleich Schläge. Und nun geh mir aus dem Licht, du Löres«, sagte der Mann und stieg in seinen Lkw.
Gut, zweiter Anlauf, neue Klientel: Marktplatzbesucher. Ich nahm den Flechtkorb und hüpfte im Sauseschritt Richtung Altstadt. Der freundliche Flaneur aus der Nach-

barschaft, eure Fluffigkeit in Person. »Guten Tag, Sie Gemüsegemüt. Ich hätte gerne etwas Blumenkohl und vom Schnittlauch ein Bündelchen.« Ich lächelte übers ganze Gesicht.

»Warum lächeln Sie denn so?«

»Nun, ich ... ich sammele Sonnenstrahlen.«

»Sind Sie besoffen? Hauen Sie ab, Sie Lümmel«, schrie die beschürzte Chicorée-Dame und knallte mir selbigen vor den Latz.

Deprimiert ging ich nach Hause, schenkte den Flechtkorb einem alten Mann und sagte ihm, dass er nun Sonnenstrahlen und Farben zu Genüge habe. »Und einen Chicorée hab ich obendrein auch noch hineingepackt.«

»Danke«, sagte er und hüpfte davon.

Ich schloss die Haustüre auf und sah Jutta im Wohnzimmer sitzen. Sie hatte ihr Spülbecken anscheinend verlassen. Deshalb war sie nun in meinen Augen eine Fremde.

Ich grinste wie ein chinesischer Chinchilla auf Chicorée und sagte: »Ich sammele Wörter.«

Meine Gesichtsmuskulatur spannte sich an, meine Mundwinkel hatten ihren Zenit erreicht. Ich zeigte Zähne. Da bekam sie Angst und rannte weg. Jetzt war ich also wieder allein. Ich ging in den Gemeinschaftskeller und bat den garstigen Gandalf, bei mir einzuziehen.

Seit drei Wochen sitzen wir mittlerweile auf der Couch und spielen semiprofessionelles *Mau-Mau.* Ich habe noch nicht ein Spiel gewonnen. Hat sich ja gelohnt, die ganze Chose.

Die Empfindsamkeit litauischer Lastwagenfahrer beim Verladeakt

Alle Kinder heißen Jens.
Nur nicht Jochen, der heißt Jochen.

Auch wenn ich mich selbst als verhältnismäßig belesen und aufgeschlossen beschreiben würde, stelle ich doch zunehmend fest, dass ich hin und wieder in Situationen gerate, in denen ich nicht gerade durch Kultiviertheit glänze. Ich weiß einfach nicht mehr, worüber ich mich noch unterhalten soll. Menschliche Interessen sind mir zu komplex geworden. Früher, so zu Grundschulzeiten, war das einfacher.

Da reichte es zu sagen: »Hey, ich bin Rüdiger, ich esse gern Pommes mit Fischstäbchen, mag die Bücher von Karl May und finde Dinosaurier ganz knorke. Mein Berufswunsch ist Feuerwehrmann und Mädchen sind doof.«

»Jo«, hätte ein anderer dann gesagt. »Genau wie bei mir. Nur heiß ich halt Jens.«

Aber heute? Da ist mir das Ganze einfach zu spezifisch. (Der Spezifisch ist übrigens eine Forelle mit Vorliebe für Schwipp-Schwapp – aber das nur am Rande.)

»Hey, auf der *Fusion* spielt das Olaf Olafsson Quartett. Du hörst doch auch so gerne skandinavischen Free-Jazz«, sagte Frank.

»Klar«, antwortete ich. »Das berühmte Olaf Olafsson Quartett. Ein Meilenstein der skandinavischen Free-Jazz-Geschichte. Wer kennt es denn nicht?«
Zugegeben, eigentlich mag ich Jazz sehr gerne, und Schweden ist bestimmt auch recht schön. Aber warum sollten die Schweden unbedingt besseren Jazz produzieren als Musiker hierzulande? Ohnehin halte ich nichts von Festivals. Da erfindet man über all die Jahre praktische Dinge wie selbstregulierende Wasserbetten und ergonomische Massagesessel, und am Ende zahlen die Menschen neunzig Euro, um mal wieder im Zelt schlafen zu dürfen. Verstehe ich nicht. Ich halte zwar auch nicht viel von dekadentem Luxus, aber mein Schlaf ist mir wichtig. Außerdem mag ich keine Menschengruppen. Und alles über zwei Personen ist für mich eine Gruppe. Wozu Gruppendynamik führen kann, muss ich nach *Masse und Macht* ja keinem mehr erzählen.
Jedenfalls fragte Frank mit Nachdruck, ob ich denn nun mit zu diesem Festival fahren wolle.
Nach langem Nachdenken gab ich nach: »Okay. Ich hol mir eben noch mein Partyhütchen und 'ne Tüte Erdnussflips, und dann kann's losgehen.«
»Echt? Dachte, du wärst nicht so spontan.«
»War ja auch ein Scherz, du Pappnase. Du weißt doch, ich halte nichts von Spontaneität. Hat man doch gesehen, wohin das führt. Man erinnere sich nur einmal zurück: *Oh, morgen überfallen wir Russland. Ein leichtes Übergangsjäckchen wird wohl genügen.* Am Arsch.«
»Darüber macht man keine Witze, du Idiot. Komm schon. Ein kleines bisschen spontaner zu sein würde dir bestimmt gut zu Gesicht stehen.«

Hmm … und dir würde ein Rollkragenpullover gut zu Gesicht stehen. Spontan? Tss. Wenn ich spontan wäre, wäre ich schon längst abgehauen und mit meinem Camel-Active-Rucksack nach Australien geflogen. Pauschalreise? Keineswegs! Nein. Work 'n' Travel. Unterwegs als Ein-Mann-Kolonialmacht mit Thermoschlafsack. Die Welt ist klein, alles gehört mir.
Aber nein, stattdessen stehe ich hier. Ich gehe jeden Tag arbeiten, mache mein Ding und hinterfrage nichts. Veränderung? Mal hier, mal da. Sehe ich aus wie Elsass-Lothringen? Ich bin standhaft. Eine Konstante. Ein Berg. Der Watzmann. Vor den kannst du dich auch nicht einfach stellen und dich über seine geographische Lage beschweren. Rück doch mal ein Stück. Sei doch mal spontan. Nein! Berg ist Berg. Einmal hingesetzt und Ende. Tschüss. Keine Rückfragen. Und trotzdem sind Berge allseits beliebt. Da weißt du genau, woran du bist. Da kommt keiner und sagt: »Mit dir hab ich jetzt aber nicht gerechnet. Quelle surprise!« Nein, da weißt du: BERG.

Jedenfalls sollte nun auf diesem Festival das schwedische Free-Jazz-Quartett Olaf Olafsson spielen. Ich stellte mir bildlich vor, wie ich mit drei blassen, blondhaarigen Freunden das Sören-Sörensson-Quartett gründen würde. Weil uns keiner kennen würde, wären wir natürlich gleich ziemlich angesagt und hip. Alle würden sie kommen, weil sie unser riesiges Sören-Sörensson-Quartett-Plakat gesehen hätten, und dann würden wir uns den Spaß erlauben und mit dicken Wollmützen auf einem Schlitten auf der Bühne sitzen und einfach stundenlang *Quartett* spielen. Das Blue-Note-Records-Quartett. Vier Stunden lang. Ich schätze, das würden die Leute dann sehr arg anprangern. Eventuell würde man uns mit Eiern bewerfen oder von der Bühne prügeln, aber der Gag wäre es mir wert. Denn wenn man die Geschichte und Entwicklung des Jazz historisch betrachtet, war da nicht viel mit Skandinaviern. Und nur deswegen funktioniert das ja jetzt – weil da keiner mit gerechnet hat. Das ist, als würden Menschen in Lateinamerika plötzlich anfangen, das Mittsommerfest zu feiern.

Ich komm da einfach nicht mehr mit. Wenn man mich fragt, welche Musik ich denn so höre, antworte ich immer: »DJ BoBo.«

Ausschließlich DJ BoBo. Die Hits *Somebody Dance with Me*, *Freedom* und *There Is a Party* sind für mich die Klassiker der Musikhistorie und bestechen insbesondere durch ihre progressive und euphemistische Weltanschauung. *Chihuahua* hingegen steht als Spiegelbild von BoBos künstlerischer Entwicklung stereotyp für eine Gesellschaft, die auf den Hund gekommen ist. Er ist ein Feingeist, verkörpert das Subversive seiner Generation – ein äußerst feinfühliger Beobachter. Da kann aber niemand gegen anstinken.

Unrecht habe ich mit dieser Bestandsaufnahme keineswegs. DJ BoBo kann man mit Sicherheit nicht vorwerfen, er sei mit der Zeit oberflächlicher geworden oder habe kontinuierlich an Qualität eingebüßt. Der war halt von Anfang an kacke. Ich kann absolut nicht nachvollziehen, warum man den guten Mann nicht mehr auf moderne Festivals einlädt. Und deswegen fahre ich da auch nicht hin. Auf solchen Events trifft man oftmals eigenartige Menschen und fühlt sich oftmals gezwungen, seltsame

Gespräche mit ihnen zu führen. All diese Ich-hab-zwar-keinen-Fernseher-aber-wenn-ich-einen-hätte-dann-würde-ich-ausschließlich-3-Sat-und-Arte-schauen-Menschen. Ja, nee. Ist klar. Menschen, die so etwas von sich behaupten, sind dann doch die ersten, die sich Formate wie *X-Diaries – Love, Sun and Fun* anschauen. Oder ähnlich anspruchsvolle Sendungen wie *Hilfe ich bin erst acht, habe aber schon vier Kinder und die sind auch noch dumm und drogenabhängig.* Oder *Hilfe ich bin erst zwei, aber meine achtjährige Mutter trinke ich locker unter den Tisch.*

Das wirft ein absurdes Licht auf unsere Gesellschaft. Solche Sendungen erzeugen Klischees. Könnte ja wirklich sein, dass sich eine selbstbewusste, verantwortungsvolle Achtjährige früh für Kinder entscheidet. Und dann gibt's wieder Vorurteile. Verstehen Sie mich nicht falsch! Ich finde das sehr gut, wenn Menschen Arte schauen, aber warum muss man darüber immer so offensiv reden? All diese Ich-gucke-Filme-und-Serien-ja-prinzipiell-lieber-auf-Englisch-Menschen. Das ist auch so ein Phänomen, das ich nicht verstehe. Gut, ich bin recht dumm, spreche ausschließlich Deutsch und selbst das nur rudimentär. Außerdem habe ich im Laufe meines Lebens insgesamt auch nur acht Filme gesehen, namentlich *Terminator 1* und 2, *Der weiße Hai 1* bis 3, *Kevin allein zu Haus, Forrest Gump* und den Klassiker aller Klassiker: *Speed.* Wenn Sie sich den Film auf Englisch angucken, wird er dadurch auch nicht besser.

Nun gibt es seit geraumer Zeit DVDs mit allen möglichen Zusatzfunktionen, und Sie können sich beispielsweise libanesische Filme mit dänischen Untertiteln anschauen.

Einzelne Akteure stehen überdies in Interviews Rede und Antwort und verkünden Statements zu ihren Rollen. Ich stelle mir das beim Weißen Hai sehr lustig vor. Er würde mit einer Baskenmütze auf dem Kopf dasitzen und genüsslich ein Glas Cognac trinken. Man würde den Hai befragen, wie er sich bei den Dreharbeiten gefühlt habe und ob er sich mit seinem Part habe identifizieren können. Was könnte ihn bewegt haben, derartig auszuticken?
»Na ja«, würde er sagen, »wissen Sie ... eigentlich wollte ich nur ein paar Bahnen schwimmen, kurz Kippen holen und die Kinder zur Schule bringen, aber dann kam diese dramatische Geigenmusik und hat mich aggressiv gemacht. Da musste ich alle töten.«
Heute jedoch stehen alle auf Jim-Jarmusch-, Tim-Burton- oder David-Lynch-Filme. Ich kann da nicht mitreden. Man wird heutzutage allerdings für sehr unkultiviert gehalten, wenn man die Streifen solch namhafter Männer nicht gesehen hat.
»Hey, kennst du schon den Mohammad Al-Dabili, diesen saudi-arabischen Autor und Regisseur, der den kasachischen Kurzfilmpreis für seinen Film *Die Empfindsamkeit litauischer Lastwagenfahrer beim Verladeakt* bekommen hat? Nein? Was ist denn dein Lieblingsfilm?«
»Speed!«
Speed ist wirklich ein brillanter und sehr aufwendig gemachter Film. Ein Bus darf nicht langsamer als siebzig Stundenkilometer fahren, sonst explodiert eine Bombe und alle müssen sterben. Der Film dauert ungefähr zwei Stunden. Das ist irgendwie ein bescheuertes Konzept. Klar, dass das dauert. Der Erpresser hätte auch sagen können: »Wenn Sie SCHNELLER als siebzig fahren, explo-

diert die Bombe, und alle werden sterben.« Gut, hätte sich der Busfahrer gedacht, dann fahre ich halt nur fünfzig. Und irgendwann hätte er angehalten, alle wären ausgestiegen und hätten die Kinder zu Schule gebracht. Das wäre eine Sache von fünf Minuten gewesen. Wo ist da die Pragmatik?

Jedenfalls sind mir menschliche Interessen zu spezifisch und komplex geworden. Ich werde mich jetzt zurückziehen, *Speed* auf meinem neuen Fernseher von der Größe Thüringens schauen und Fischstäbchen mit Ketchup essen. Wenn Sie mal auf ein Festival fahren sollten und von irgendwelchen Idioten verarscht werden, die auf der Bühne *Quartett* spielen, dann denken Sie an mich. Ich war zwar zugegebenermaßen doch zu faul, es durchzuziehen, aber die Idee kann mir keiner mehr nehmen.

Die unvergängliche Leichtigkeit der Jogginghose

»Wer Jogginghosen trägt,
hat die Kontrolle über sein Leben verloren.«
Karl Lagerfeld

Alles begann mit einer Einladung zu Franks WG-Party. Seit Wochen kann ich es kaum mehr abwarten. Anscheinend habe ich mittlerweile diesen Lebensabschnitt erreicht, in dem befreundete Pärchen meine Freundin und mich zum, ich zitiere, »gemeinsamen Kochen« einladen. Verstehe ich nicht. Was als großes gesellschaftliches Ereignis glorifiziert wird, bedeutet in Wahrheit Arbeit. Was soll der Unfug? Ich verschicke doch auch keine Einladungen mit Inhalten wie: »Laden Euch zum gemeinsamen Staubsaugen ein. Bringt gute Laune und Erdnussflips mit.« Da gönne ich mir stattdessen doch lieber gelegentliche Männerabende. Was das heißt, ist klar: Jogginghose an, Bier auf, Plauze raus. Und dazu eine gute Folge *Gilmore Girls.*

Umso mehr freue ich mich nun, dass ich mich vorm gemeinsamen Kochen drücken kann, um meinen alten Kumpel Frank zu besuchen. Frank ist mein ehemaliger Mitbewohner aus Studienzeiten, mittlerweile ungefähr im gefühlt hundertzwanzigsten Semester und stolzer Bewohner eines zwölf Quadratmeter großen WG-Zimmers in einem Studentenwohnheim.

»Würde« ist ein dehnbarer Begriff, und es scheint schwierig zu sein, die richtige Mischung aus *in Würde altern* und *seine Jugend nicht verlieren* zu finden. Es gibt Menschen, die stehen mit fünfundzwanzig schon so sehr im Leben, dass einem ganz bange wird. G8. Bachelor. Master. Leistung, Leistung, Leistung. Und es wird nicht besser. Bald gibt es Lehramtsstudentinnen, die dank G3 schon mit zwölf Jahren Abitur machen und mit siebzehn ihre ersten Schulklassen unterrichten. Stehen dann da in *Hello-Kitty*-Pullovern und erzählen einem was von Gleichungssystemen.

Dann gibt es wiederum Menschen, die hängen noch mit achtunddreißig in der Uni und fahren einmal im Jahr in Manga-Kostümen auf die Frankfurter Buchmesse. Ich frage mich, ob es in irgendeiner heimlichen Parallelwelt Phantasiewesen gibt, die einmal im Jahr auf irgendwelche Messen fahren und sich als stinknormale Leute verkleiden. Vielleicht spielen sie sich dort gegenseitig ihre Handyklingeltöne vor oder simulieren irgendwelche menschlichen Fähigkeiten wie *Dinge hochheben.* Aber ich bin ja bloß neidisch.

Jedenfalls freue ich mich mal wieder auf so eine richtig studentische WG-Party. Letztlich redet man dann natürlich doch wieder nur über irgendwelche Modulabschlussprüfungen, und spätestens nach zwei Stunden hocken alle vor dem Laptop und gucken sich Deichkind-Videos auf YouTube an. Dabei wird ein Song jedoch grundsätzlich nie zu Ende gehört, weil immer irgendjemand kommt und sagt: »Ich kenne ein noch viel besseres Video. Hier ... Alexander Markus.« Und spätestens um Mitternacht schauen sich dann auch wieder alle irgendwelche Clips

mit süßen Kätzchen an. Aber ich gebe die Hoffnung nicht auf.
Unabhängig vom Ausgang der Party ist es schwierig, seine Würde beim Wiedersehen mit alten Studienfreunden nicht zu verlieren. Man kennt das ja. Erst geht man seinen alten Kumpel besuchen, und ratzfatz landet man mit einem Propellerhut auf dem Kopf und einer bunten Plastiksonnenbrille auf der Nase bei einem dieser verrückten *Holi*-Festivals, trinkt Feigenwodka aus einem Multivitaminsaft-Tetra-Pack und macht sich zum Hampelmann.
Und ich habe einen Verdacht. 2013 expandierte das Phänomen *Holi*-Festival, eine Art *Bubble-Tea* unter den Musikveranstaltungen, bei dem sich zu elektronischer Musik tanzende Teenager zu jeder vollen Stunde mit Farbbeuteln bewerfen. Ich behaupte, es wäre gar nicht mal so abwegig zu vermuten, dass dieses Farbpulver aus den verbliebenen schmandigen Bodenablagerungen der *Bubble-Tea*-Plastikbehälter hergestellt wird. Modernes Recycling. Ein Teufelskreis.
WG-Party also. Nur, was ziehe ich an? Früher war das alles viel einfacher. Es gab ein schönes Ritual in unserem Freundeskreis: die *PJHG* – die *personalisierte Jogginghosen-Garderobe.* In unseren Fluren hingen jeweils drei graue Tchibo-Jogginghosen mit Namensschildern, sodass man unmittelbar nach Eintritt in die Wohnung des Freundes das alte Beinkleid aus- und die Jogginghose anziehen konnte. Denn wie sagte Platon einst: »Du bist nur dort zuhause, wo du eine eigene Jogginghose hast.« Über jeder Jogginghose hingen ein Schild mit dem Namen des Freundes, ein Foto und eine kleine Zahnbürste. Jogginghosen waren unsere zweite Haut. Eine Art zweite Epidermis,

die unserem Leben die entscheidende Gemütlichkeit und Wärme schenkte.

Unsere Studentenzeit war unvergleichbar schön. Auch wenn mich selbst vertraute Dozenten spätestens ab dem achtzehnten Semester für den Hausmeister hielten und mich regelmäßig baten, kleine Reparaturarbeiten vorzunehmen. Aber selbst schuld. Vielleicht lag es auch daran, dass ich zu oft *Die purpunen Flüsse* geschaut habe und seitdem generell jede Universität für ein genetisches Zuchtlager von Eugenikern halte, in dem kleine Eliten aus Hochbegabten geformt werden. Immer wenn ich sah, wie zwei Dozenten sich in der Mensa gegenübersaßen, brüllte ich empört rüber: »Ihr kranken Nazischweine!« Kam nicht ganz so gut an. Ich selbst hielt mich ebenfalls lange für hochbegabt. Kann aber mittlerweile mit voller Gewissheit sagen, dass dies nicht zutrifft. Ausgeschlossen. Auf keinen Fall. Nein. Niemals. Mein Gedächtnis ist ein grobes Sieb.

Neulich zum Beispiel: Hotelzimmer. Minibar. Ein *Snickers* kostet 6,50 Euro. Ich denke: Oh, verdammt. Das ist aber teuer. Dann halt nicht, ihr vermaledeiten Penner. Mache die Minibar wieder zu. Lege das *Snickers* gedankenverloren auf den Schreibtisch. Gehe ins Bad ... Zwei Minuten später. Komme wieder am Schreibtisch vorbei. Oh, da liegt ja ein *Snickers.* Wie toll. Esse es innerhalb weniger Sekunden auf.

Manchmal glaube ich, ich bin Homer Simpson.

Am schlimmsten ist mein Namensgedächtnis. Schlichtweg nicht vorhanden. Auf Franks Party angekommen, begrüßt mich gleich an der Türe ein vertrautes Gesicht. Da mir der Name natürlich nicht einfällt, versuche ich, das Gespräch möglichst oberflächlich zu halten.

Sie: »Hey, Patrick, wie geht es dir?«
Ich: »Hallo, du da. Frau.«
Sie: »Lange nicht gesehen.«
Ich: »Ja, ein Phänomen. Die Zeit, die Zeit, die Zeit! Was ist das schon, Zeit?«
Sie: »Hach, weißt du noch damals? Das war immer lustig mit uns.«
Ich: »Damals, ja war schön. Und so anders. Da waren wir ja noch jünger.«
Sie: »Ja, genau. Ich soll dir übrigens liebe Grüße von Birgit bestellen. Wir wollten bald mal wieder ein Klassentreffen organisieren. Ich gebe dir mal meine Telefonnummer. Magst du sie direkt einspeichern?«
Ich: »Ja, ja. Unbedingt.«
Ich nehme mein Telefon heraus und tippe die Nummer ein. Speichern unter … Scheiße.
Sie: »Hihi. Hast du meinen Namen vergessen?«
Ich sehe, dass ihr Blick auf mein Display gerichtet ist. Verdammt.
»Hohoho«, sage ich. »Hohoho. Den Namen vergessen! Hohoho. Den Namen vergessen! Hohoho.«
Für solche Situationen habe ich mir einst einen guten Trick überlegt. Diesen gilt es nun geschickt anzuwenden.
»Hohoho«, raune ich weiter, »Hohohoho.« Noch ungefähr zwanzig Minuten. Und sie sollte weg sein.
Nach einer Weile halte ich es jedoch nicht länger aus und sage stattdessen: »Du, woran ich grad denken musste. Ich hab *so* ein lustiges neues Ausweisfoto. Da sehe ich vielleicht aus! Wie einer von den Taliban.« Ich ziehe das Dokument aus meiner Hosentasche. »Ist das nicht lustig? Komm, zeig mal dein Foto. Ich wette, du traust dich nicht.«

»Doch, doch. Hier.« Sie zieht ihr Portemonnaie aus der Tasche und hält mir das Dokument vor die Nase.
Aha. In Gedanken notiere ich mir den Namen Erika Schmiedebach. Nie gehört. Weiter geht's. »Hohoho. Hohoho. Hohoho.« Sie muss mich mittlerweile für einen grenzdebilen Psychopathen halten. Es gilt aber, strategisch noch ein wenig Zeit rumzubekommen, damit ihr mein Trick nicht auffällt. »Die Erika! Wie hätte ich dich denn vergessen können?«
»Genau.« Sie kichert. »Na ja, wir waren ja auch immerhin zwei Jahre zusammen.«
Oha, denke ich. Das ist neu. Ich hatte bereits von diversen Langzeitfilmrissen gehört. Aber zwei Jahre wären krass.
»Echt jetzt?«, hake ich nach.
»Ja, du Nase. Von 1997 bis 1999.«
Ich komme ins Grübeln. Das mit dem Filmriss scheint sich zusehends zu bewahrheiten. Ich habe zu besagter Zeit zwar viel gekifft, aber … Na ja, eigentlich handelte es sich nur im allerweitesten Sinne um Drogen, sondern vielmehr um Oregano, den mir die Jungs aus der Parallelklasse für eine Höllenkohle vertickten. Aber zwei Jahre? Ich weiß noch, dass ich zu der Zeit ein ziemlicher Draufgänger war und die Mädels aus der 7b regelmäßig in den Genuss meiner Liebesbriefchen kamen. Der an Kerstin lautete zum Beispiel: »Hallo, du da, knorke Puppe. Ich bin nicht mehr mit der Sybille zusammen. Nur, dass du Bescheid weißt. Also, falls du Lust hast, könnten wir zusammen mal Motorroller fahren. Oder in die City-Arkaden gehen. Oder Heavy-Petting probieren. P.S. Find dich ganz knorke. P.P.S. Kreuze an:

( ) Motorroller
( ) City-Arkaden
( ) Heavy-Petting
( ) Wer bist du eigentlich, du Vogel?«

Es war die Zeit der *Helly-Hansen*-Jacken, in der dreizehnjährige Zahnstocherkörper aussahen wie dieses komische *Michelin*-Männchen. Dazu Röhrenjeans – es wäre ein lustiges Bild gewesen. Wie diese Kastanienmännchen. Oder so wie kleine Kinder Menschen zeichnen. Zwei Striche. Kreis. Kopp. Fertig. Aber das nur am Rande. Zehn Minuten später kam jedenfalls der bereits erwähnte Zettel zurück. Kerstins Kreuze waren bei »City-Arkaden«, »Heavy-Petting« und »Wer bist du eigentlich, du Vogel?« gesetzt. Was hatte sie nur gegen meinen Roller? Es war zum Haareraufen.

Zurück zu Franks WG-Party. Nach dem Vorfall mit Erika wende ich mich ganz bewusst den paar Leuten zu, an die ich mich tatsächlich noch erinnern kann: den Jungs, Frank und mir. Wiedervereint. Natürlich in bester Garderobe: Jogginghose und weißes Feinrippunterhemd. Die Haute Couture des kleinen Mannes. Frank zeigt mir die spärlich eingerichtete WG-Küche. An den Rändern der mobilen Herdplatte bildet sich eine faustdicke Kruste in prächtigster Farbvielfalt, und im Kühlschrank lassen sich bei einigen Lebensmitteln vereinzelt Gesichter erkennen.
»Willst du einen Kaffee? Schau mal hier, die alte Kaffeetasse. Die hab ich dir damals zum Geburtstag geschenkt«, sagt Frank. »Da ist auch ein witziger Spruch drauf. *Nur wer morgens zerknittert ist, kann sich tagsüber richtig ent-*

falten. Wenn du magst, kannst du sie haben. Die ist doch wirklich lustig, oder?«

»Ja«, grummele ich, »eine bedruckte Kaffeetasse ist ungefähr so lustig wie ein lustiger Film mit dem lustigen Adam Sandler. Da kann ich mich ja gleich erschießen.«

Frank hat allgemein einen sehr deutschen Humor, lacht auch über deutsche Comedians, die den Namen ihres Programms auf dem T-Shirt tragen, damit auch die letzte Nase im Publikum registriert, dass sie nicht bei der Vergabe des Ingeborg-Bachmann-Preises gelandet ist. Er amüsiert sich köstlich über Sat.1-Comedy-Formate, bei denen ich mich immer frage, wie viele zugekiffte Schimpansen an dem Drehbuch schreiben und sich Gags überlegen, die so vorhersehbar sind wie meine Misserfolge bei Frauen, als ich im Alter von dreizehn Jahren felsenfest davon überzeugt war, es wäre cool, sich im Nackenbereich einen kecken blonden Pürzel stehen zu lassen. Aber das ist eine andere Geschichte.

Nachfolgend jedenfalls die WG-Party in Kurzform: Hallo. Jürgen. Patrick. Stefan. Patrick. Sören. SoWi, und du? Autor. Ah. Interessant. Nicht. Darf ich vorstellen, Steffi. Patrick. Bier. Ja. Danke. Gras. Ja. Danke. YouTube. Oh! Kätzchen. Putzig. Percoffedrinol? Superknorke.

Percoffedrinol sind hochdosierte Koffeintabletten, und diese konnte man damals rezeptfrei in der Apotheke kaufen. Wir haben uns das Zeug zu Schulzeiten vor Klausuren zentnerweise klein gehackt durch die Nase gezogen, um unsere Leistungsfähigkeit zu erhöhen. Wirkt ungefähr wie Amphetamin. Nur besser. Ich erinnere mich noch grob, dass ich während einer neunzigminütigen Französischklausur nach ungefähr fünfzehn Minuten zum Lehrerpult ging und ein tausenddreihundert Seiten starkes Manuskript namens *Arthur – Eine Empörung!* abgab, in dem ich zornig erläuterte, warum man den Satz »Arthur est un perroquet« in absolut gar keiner Lebenssituation auch nur ansatzweise benötigen könnte. Gleich darauf habe ich vor versammelter Mannschaft eine zwanzigminütige Tanzeinlage zu Scatman John aufgeführt. Percoffedrinol war jedenfalls prima. Letztlich war man zwar nur ein verpickelter Jugendlicher, der sich Drogerieprodukte reinpfiff, aber man fühlte sich wie ein kolumbianischer Drogenboss.

Nebenbei arbeitet Frank übrigens inzwischen als Partyfotograf und besucht im Rahmen dieser Tätigkeit jedes Wochenende Dorfdiskos, um betrunkene Jugendliche für Online-Portale abzulichten. Ein Beruf, den ich auf einer Nichtigkeitsskala irgendwo zwischen Schminktipp-Video-Blogger und Kaufhaus-DJ an der oberen Spitze einordnen würde. Wie gesagt, Würde ist ein dehnbarer Begriff. Bei mir zuhause hängt jedenfalls nach wie vor eine Jogginghose für ihn bereit.

Morgenstund hat Schrot im Mund

Man hat viel mehr vom Tag, wenn man früh aufsteht. Das betonen die Menschen gerne, als ob es die letzte ungeschriebene Weltweisheit wäre. Ich hingegen sage immer: Wenn man länger schläft, schläft man länger. Ich wüsste ehrlich gesagt gar nicht, was ich mit der ganzen Zeit anfangen sollte, wenn ich schon ganz früh am Morgen das Bett verlassen müsste. Wahrscheinlich würde ich mich mit einem alten Bernhardiner und einer Schrotflinte auf die Hausveranda setzen und wahllos Menschen erschießen. Kürzlich erst wurde ich aus meiner üblichen Routine gerissen und bekam früh am Morgen Besuch.

»Guten Morgen, junger Mann. Was machen Sie hier?«, fragte ich höflich.

Die Antwort ließ nicht lange auf sich warten: »Och, ich dreh hier nur mein Ründchen. Mache ich immer so. Früh am Morgen nach dem Aufstehen erst einmal eine Runde joggen. Das bringt den Kreislauf in Schwung. Da fühlt man sich einfach viel fitter bei der Arbeit.«

Aha, interessantes Hobby. Sportiv, sportiv. Dafür aber schlicht im Geiste. Hatte ich auch mal drüber nachgedacht. War eine sehr kontroverse Diskussion mit mir selbst. Da musste man lange Pro und Kontra abwägen. Manchmal frage ich mich wirklich, ob ich eine Runde joggen gehen oder mir gleich ’ne rostige Kettensäge nehmen sollte, um mir die Fingerkuppen abzuschneiden. Einfach nur, weil ich es kann.

Das alles erzählte ich meinem ekelhaft gutgelaunten Besucher und zeigte dabei auf meine Hand. Finger waren da tatsächlich nicht mehr viele. Genau genommen nur noch zwei. »Aber wissen Sie, was man mit zwei Fingern noch prima machen kann?«

In meinem Blick lag etwas Endgültiges. Ich drückte den Abzug der Schrotflinte und rammte ihm eine Ladung durch die Stirn. So ein Pack. Was läuft der auch so früh schon hier rum?

Fünf Minuten später zeichnete sich im stetig zunehmenden Sonnenlicht erneut ein menschlicher Schatten an der Hausfassade ab.

»Wer sind Sie? Wir mögen hier keine Fremden.«

Als ich ›wir‹ sagte, zeigte ich mit dem Finger auf den alten Bernhardiner unter meiner Holzbank. Eigentlich war ich mir gar nicht sicher, ob er ein Bernhardiner war. Sein Gesicht mutete ein wenig merkwürdig und zusammengequetscht an – gut, wer nichts anderes kennt, könnte es für ein Gesicht halten –, aber andererseits sah er mir gar nicht so unähnlich. Denn wenn man mich morgens um sieben aus dem Bett klingelt, sehe ich auch noch nicht aus wie ein Mensch. Eher wie eine Art Rohmasse. Klumpige Kinderknete. So die Richtung. Schön ist jedenfalls anders.

Ich hakte nach: »So, und jetzt raus mit der Sprache, wer sind Sie, und was tun Sie hier?«

»Na ja«, sagte der Mann, »ich bin gelb gekleidet, ich schiebe einen gelben Karren vor mir her – man könnte meinen, ich sei der Briefträger und brächte die Post.«

»Na, dass Sie nicht Rotkäppchen sind und mir Plundergebäck bringen, war mir fast klar. Sind Sie der Mann, der hier morgens immer klingelt?«

»Vermutlich schon.«
»Wissen Sie«, grummelte ich, »ich bin kein Freund großer Worte. Aber ich mache Ihnen ein Angebot. Ich zähle bis zehn, und wenn Sie dann noch nicht weg sind, ramme ich Ihnen ein wenig Schrot in den Schädel.«
Währenddessen strich ich mit der Hand sanft über die Mündung meiner Flinte. Das hatte ich schon immer mal sagen wollen. Eins, zwei, zehn. Peng.
Ich finde, er hatte eine faire Chance. Was war hier auch so viel los um die Zeit? So fängt es an. Erst der Postbote, dann die Müllabfuhr, und wenn du nicht aufpasst, hast du irgendwann einen Wanderzirkus vor der Tür stehen. Man muss den Menschen ihre Grenzen aufzeigen.
Wenn Sie bei zehn nicht weg sind, ramme ich Ihnen ein wenig Schrot in den Schädel, gehört eindeutig zu den drei schönsten Sätzen, die ich kenne. Direkt gefolgt von der Universalantwort auf alle Fragestellungen des Lebens: *Ich habe eine Axt.* Für mich eindeutig der am vielseitigsten einsetzbare Satz, den die deutsche Sprache je hervorgebracht hat. Ein Diamant der Rhetorik.
Problem: »Können Sie heute bitte länger in der Firma bleiben? Es ist noch Arbeit liegengeblieben.«
Lösung: »Ich habe eine Axt.«
Problem: »Tut mir leid, die Strecke von Köln nach Frankfurt ist mal wieder überbucht. Auch im Komfortbereich können wir Ihnen keine Sitzplatzgarantie bieten.«
Lösung: »Ich habe eine Axt.«
Problem: »Vor Ihrem Haus haben sich ein paar Panflötenmusiker breitgemacht, die Ihnen den ganzen Tag einen vordudeln wollen.«
Lösung: Och, die würd ich reinbitten, um im Esszimmer

gemeinsam Kaffee zu schlürfen. Ich liebe Panflötenmusik. Nicht. Aber dafür wäre mir die Axt zu schade. Die würde ich direkt erschießen.
Falls Sie allerdings eher ein Freund feinfühliger Lyrik sind und Ihnen die Nummer mit der Axt zu rabiat erscheint, empfehle ich Ihnen folgendes Merksätzchen: *Ich lass keinem die Backe heil, mit meinem neuen Hackebeil.*
Mit Axt funktioniert das nicht.
Wenn du mich nicht magst, hol ich meine Aaaxt.
Das klingt scheiße.
Mein Drittlieblingssatz nach *Ich zähle bis zehn, und wenn Sie dann nicht weg sind, ramme ich Ihnen ein wenig Schrot in den Schädel* und *Ich habe eine Axt* ist folgender: *Man sagt, die wertvollsten Schätze liegen unter der Erde vergraben. Aber ich kann dich doch nicht einfach einbuddeln.* Das ist nämlich sehr süß. Wichtig ist, dass Sie diesen Satz richtig betonen. In derselben sonoren Stimmlage wie *Ich habe eine Axt* ausgesprochen, verliert das Ganze seine gewollte Wirkung. Das verhält sich ähnlich mit *Mein lieber Schatz, ich lieb dich sehr, bitte sei mein Kuschelbär.* Auch das ist sehr süß. Wenn Sie aber mit garstigem Blick und einem Hackebeil in der Hand vor Ihrem Partner stehen, wird auch *Mein lieber Schatz, ich lieb dich sehr, bitte sei mein Kuschelbär* nicht den gewünschten Anklang finden. Man muss halt aufpassen, dass man da nicht durcheinanderkommt.

Angenommen, Sie sind Synchronsprecher und mimen Adam Sandler in einer Hollywood-Liebeskomödie. Parallel dazu sprechen Sie allerdings auch noch die deutsche Stimme eines garstigen Kleinbanditen in einem fiesen Ganovenfilm. Nun könnte es bei einem solchen Szenario durchaus vorkommen, dass Sie einige sprachliche Nuancen Ihrer Filmcharaktere in den Alltag integrieren. Wenn Sie zum Beispiel am Hochzeitstag das Himmelbett Ihrer Liebsten mit getrockneten Rosenblättern schmücken, sich anschließend im seichten Kerzenschein in Ihrem feinsten Baumwollschlüpfer auf den Laken rekeln und Ihrer heißgeliebten Ehefrau zärtlich entgegenmurmeln: »Ich bin gemein, bösartig, schwitze und bin müde. Ich fresse Stacheldraht, pisse Napalm und kann halbtot oder völlig besoffen einer Mücke durchs Arschloch schießen. Und das auf hundert Meter«, dann werden Sie schnell feststellen, die Atmosphäre ist im Keller. Oder Sie reichen Ihrer Frau nach dem Liebesakt eine Zigarre und hauchen ganz sanft und lasziv: »Hier. Nimm mal ’nen Zug, danach kannst du gut kacken.« Das ist pures Gift für die Stimmung.

Sie sehen, Obacht ist geboten.

Wenn mich jemand sucht, ich sitze auf der Veranda. Falls was ist, kommen Sie nicht vor zwölf Uhr vorbei. Ich sag ja immer: Morgenstund hat Gold im Mund. Und auf Goldklumpen rumzukauen ist auf Dauer auch nicht gut für die Zähne. Denken Sie bitte stets daran: Ich habe eine Axt.

Das Vermächtnis von Örnsköldsvik

Gewähren Sie mir bitte Zeit für die Geschichte eines geheimnisvollen Ortes. Örnsköldsvik liegt in der Provinz Västernorrlands Iän. Berühmte Söhne der Stadt sind, um nur einige Namen zu nennen, der Eishockeyspieler Niklas Sundström, der Eishockeyspieler Markus Näslund, der Eishockeyspieler Victor Hedman und Anders Hedberg, seines Zeichens Eishockeyspieler. Dann gibt es da noch einen gewissen Thomas Hammarberg – amtierender Kommissar für Menschenrechte im Europarat.

Man stelle sich vor, diese fünf Männer wären gemeinsam in die Grundschule gegangen, hätten sich eines Nachmittags kurz vor dem Läuten der Schulglocke gegenseitig etwas in ihre Poesiealben geschrieben und sehnsüchtig aus dem Fenster geschaut. Draußen das glitzernde Eis, gleitende Kufen, Jubelschreie und Ovationen der Zuschauer, Schlieren im weißen Grund – die Poesie eines echten Männersports. Und einer schreibt: *Ich möchte EU-Kommissar für Menschenrechte werden.* Alle anderen sitzen nur dort und brüllen »Menschenrechte? So ein Firlefanz! Eishockey! Eishockey! Eishockey!«

Ich jedenfalls habe damals in mein Poesiealbum geschrieben: *Dinge, die ich hasse: Krieg, Zerstörung, Brokkoli.* Man beachte die Steigerung. Da waren die Prioritäten klar zugeordnet. Ich mein, einen Krieg hätte ich noch irgendwie durchgestanden, aber Brokkoli, das wäre dann doch zu viel gewesen. Eishockeyspieler wollte ich nicht werden, sondern Pilot oder Flugdinosaurierforscher, weil ich Petrie aus *In einem Land vor unserer Zeit* so unglaublich putzig fand. Mein Vater bastelte mir siebenjährigem Steppke damals sogar eine Visitenkarte:

Name: Salmen.
Berufsbezeichnung: Flugdinosaurierforscher und Pilot.
Weitere Aufgaben: Schüler der 2b, Milchgeldkassierer und amtierender Leiter im Gießkannendienst.
Dienstgebäude: Kinderzimmer.

Nach dem Abitur, und das vertraue ich Ihnen im kleinen Kreise jetzt einfach mal so an, habe ich übrigens tatsächlich an einem dreitägigen Pilotentest einer renommierten Fluggesellschaft teilgenommen. Ich erinnere mich, als wäre es gestern gewesen. Abschließende Prüfung: Ich hatte Kopfhörer auf und bekam über Funk Buchstaben- und Zahlenkombinationen durchgesagt: 24 B 3 Q T Z 63 47 32 … Das Ganze zog sich über einen Zeitraum von etwa einer halben Stunde. Dann die Ansage: »Bitte geben Sie das Gehörte rückwärts ein.« Ich sah auf den Bildschirm, in meinem Kopf ratterte es, alles spulte sich wie in Zeitlupe ab, und ich schrieb: Leberwurst.
Das war das letzte von ungefähr dreißig Testverfahren, und ich schied mit etwa fünf von zweitausend möglichen Punkten aus dem Bewerbungsverfahren aus. Das ist auch der Grund, warum ich gerade nicht in einer Lufthansa-Maschine durch die Gegend gleite. Obwohl das sicherlich sehr lustig geworden wäre. Zwar wäre ich über kurz oder

lang ganz bestimmt abgestürzt, dafür hätte ich Ihnen aber während des Fluges lustige Kinderbücher wie *Eberhard, der Baggerfahrer* vorgelesen. Ich sag ja immer, der Tod ist nebensächlich. Hauptsache Gaudi.

Seltsam ist, dass ich eigentlich eine Geschichte über die Firma Fjällräven und nervige Backpacker-Trekkingrucksackträger schreiben wollte und beim Recherchieren auf den Firmensitz Örnsköldsvik gestoßen bin. Und jetzt plaudere ich aus dem Nähkästchen, weil ich vom Eishockey auf das Thema Pilot gekommen bin. Man könnte meinen, ich würde zu leichten Abschweifungen tendieren. Das alles erinnert mich an eine Hausarbeit, die ich im vierten Semester meines Germanistikstudiums verfasst habe. Titel: *Hybrides Erzählen im deutsch-russischen Roman der Gegenwart.* Beendet habe ich die Arbeit mit einer These über nichttriviale Nullstellen in der Riemannschen Zetafunktion. Letztlich scheiterte die Arbeit aber nicht an meinen Abschweifungen, sondern daran, dass ich ständig 2Pac zitiert habe. Ich persönlich fand meine Arbeit sehr wissenschaftlich; es obliegt aber anderen, das zu bewerten.

Wie auch immer. Jedenfalls habe ich generell ein sehr schlechtes Gedächtnis. Und deswegen benötige ich Eselsbrücken. Was ich zum Beispiel bis heute nie vergessen habe ist das Wort *Hlinakrbcsfr.* Hlinakrbcsfr ist nichts anderes als die erste Gruppe im chemischen Periodensystem, abgekürzt von oben nach unten gelesen: Wasserstoff, Lithium, Natrium, Kalium, Rubidium, Cäsium, Francium. Und wann immer man mich aufwecken würde, um mich nach der ersten Gruppe im chemischen Periodensystem zu fragen, weil man nur so einen geheimen Schlosscode knacken könne, um einen drohenden Nuklearkrieg zu verhindern, würde ich wie aus Pistole geschossen antworten: »Hlinakrbcsfr.« Sagen wir mal so – dieses Szenario ist gar nicht mal so unwahrscheinlich.

Im Studium der Germanistik war es nicht anders. Ich erinnere mich noch gut daran. Die phonetischen Artikulationsorte in der Reihenfolge labial, dental, alveolar, palatal, velar, uvular und glottal merkte ich mir mit dem selbst ausgedachten Merksatz: »Ein labiler Zahnarzt namens Alf aß seinen Salat sehr wehleidig und war unter UV-Licht äußerst gottesfürchtig.« Ich finde diesen Satz sehr stimmig und realistisch. Eine Art Nahtoderfahrung unterm Solarium. Das hört man ja öfter. Und labile Zahnärzte sind ohnehin ein häufiges Problem in unserer Gesellschaft. Falls Sie also mal in Örnsköldsvik ein Linguistentreffen besuchen und man Sie dort nach phonetischen Artikulationsorten befragen sollte – ebenfalls nicht unwahrscheinlich –, wissen Sie, was Sie zu tun haben.

Schwenken wir nun kurz von Schweden nach Dänemark. Adler-Olsen, Kriminalautor. Der bürgerliche Name von Adler-Olsen lautet übrigens Carl Valdemar Jussi Henry Adler-Olsen. Aber das nur am Rande. Der Mann ist jedenfalls Autor von solch lebensbejahenden und geschwätzigen Titeln wie *Verachtung* oder *Schändung* und inspirierte mich zu folgendem Serienkonzept, bei dem *HBO*, denke ich, ruhig hellhörig werden sollte: *Hlinakrbcsfr und das Vermächtnis von Örnsköldsvik* – ein monumentaler Roman über einen friedliebenden Chemielehrer namens Walter White, der eines Tages erfährt, dass er Lungenkrebs hat. Um seiner Familie einige finanzielle Rücklagen zu gewährleisten, fängt er an, nachts heimlich Trekkingrucksäcke zu verkaufen und gründet die Firma Fjällräven. Eigentlich wollte er Methylamphetamin kristallisieren und unter dem Namen »Heisenberg« ein Drogenimperium aufbauen, aber das war ihm dann doch irgendwie zu krass. Mordsstory, wie ich finde.

Falls der amtierende EU-Kommissar für Menschenrechte das hier lesen sollte – Bruder, Sie machen einen guten Job. Lassen Sie sich nichts vormachen. Aber 2Pac ist trotzdem eine Spur cooler.

Lyrik und Luftflottenkriege

Neulich saß ich mit einer guten Bekannten auf den Rheintreppen zu Köln. Eine Freundin meiner Bekannten, Barbara, setzte sich nach einer Weile zu uns, und wir kamen ins Gespräch. Irgendwann erfuhr sie, dass ich schreibe, und fragte mich, welche Gattung es mir denn am meisten angetan habe. Ich antwortete, dass ich Lyrik am liebsten mochte.

Sie schaute mich fragend an, musterte mich von oben bis unten, zögerte etwa zehn Sekunden und sprach: »Ein Freund von mir hat mal Ballett gemacht.« Wahre Geschichte.

Aha. Wortlos trank ich meine Bierflasche aus und überlegte mir achtundzwanzig Minuten lang, wie ich darauf spontan kontern könnte. Nach besagten achtundzwanzig Minuten war sie aber leider schon weg. Und so bleibt dieser jungen Frau nichts weiter als die seltsame Erinnerung an einen stummen, schweigsamen Herren am Flussufer. Scheu, schüchtern. Und schwul. Ich fuhr in der Bahn nach Hause und fragte mich, was da wohl gerade vorgefallen war.

Ach, Lyrik … Oh, der feine Herr Lyriker. Wie geht's uns denn? Heute schon eine Ode verfasst, eine Ballade, eine Elegie? Oh, ja. Sensibel, der Herr, sensibel.

Zugegeben, ich liebe den Duft von Sommerregen. Aber bin ich denn wirklich so sensibel? Nun gut, ich streite auch nicht ab, dass ich bei Filmen mit Ben Affleck weine.

Und Celine Dion versteht es doch immer wieder, mein Herz mit ihrem einfühlsamen Timbre zum Schlagen zu bringen – nicht.
Wobei? Das kann ich so auch nicht stehen lassen. Ich bin jetzt nicht so der Gelegenheitsmelancholiker, der sich von Herzschmerz-Hollywood-Kitsch beeindrucken lässt. Aber Ben Affleck ist wirklich süß. Ich weiß gar nicht, was diese dämlichen Chuck-Norris-Sprüche immer sollen, wo es doch Ben Affleck gibt … Die haben gar keine Ahnung, die Leute. Ben Affleck ist der Sommerregen der modernen Liebeskomödie. Grundsätzlich scheiße, aber er riecht wohl ganz gut. Also, meiner Meinung nach ist er nun mal sehr süß. Und Ben Affleck süß zu finden ist sehr männlich. Das ist so männlich, da darf ich doch wohl zwischendurch mal Lyrik schreiben. Mein ehemaliger Mitbewohner und ich haben uns oft abends unter unsere Plüschkuscheldecke gelegt und zusammen *Er steht einfach nicht auf dich* geschaut. Wir haben uns dabei nicht angefasst, lagen einfach nur Kopf an Kopf da. Ab und zu sind Tränen gekullert. Wir haben beide stets behauptet, es sei Schweiß. Man schwitzt halt in den Augen, das machen Männer so. Schweiß ist männlich. Alles, was mit ›Schwei-‹ anfängt, ist männlich. Schweiß. Schweinemett. Schweizer Taschenmesser. Schweig, Weib. Und natürlich Schweifreime. Schweifreime sind männlich. Das ist so ein kleiner Reim, der sich quasi so als Schweif zwischen einen Paarreim mogelt. Sehr neckisch und verspielt. Und muckelig. Scheiße, klang das jetzt schwul.
Langsam glaube ich schon selbst, dass ich ein sentimentales Weichei bin. Viele Jahre habe ich mich belogen, bin zum Fußball gegangen, habe Whisky getrunken, Zigarren

geraucht. Und nun? Was ist nun? War das etwa alles umsonst? So ein Mist! Nur wegen dieser verdammten Lyrik. Was bin ich denn bloß für ein Kerl? Ben Affleck würde mir eine reinhauen, wenn er lesen könnte.
Ich muss jetzt ganz schnell *DMAX* gucken. Lumberjack. Geil. Krieg. Geil. Autos. Geil. Ich stelle mir vor, wie Ben Affleck beim Holzfällen mitmacht und mit einer Säge einen Baum sägt, um danach Baumstämme hinter sich herzuziehen, und bekomme allein bei der Vorstellung heimlich eine nicht zu unterschätzende Erektion. Ich finde das okay. Das ist nicht schwul. Ich finde es völlig okay, wenn man sich vorstellt, wie Ben Affleck mit freiem Oberkörper einen Baum sägt und dabei … Ach, scheiße. Ist doch egal. Ich mag halt Holz.
Mittlerweile habe ich allerdings einen Kompromiss gefunden. Jedes Mal, wenn ich ein Gedicht schreibe, trinke ich vorher einen Bourbon und fälle danach einen Baum. Kompensation. Danach weine ich jedes Mal und schreibe wieder ein Gedicht, und danach fälle ich erneut einen Baum. Teufelskreis. Aus der Nummer kommt man nicht mehr so ohne weiteres raus. Umweltverschmutzungen und Massenwirtschaft haben folglich nicht zwingend etwas zu tun mit dem fortschreitenden Waldsterben. Das ist ein Gerücht. Die Lyriker sind schuld. Überkompensation. Psychologisches Phänomen. Vor kurzem habe ich beispielsweise einen Gedichtband herausgegeben mit ein paar hundert Poemen, und da kommen in Zukunft sicher noch einige hinzu. Und wenn ich am Ende als »der melancholische Holzfäller« in die Geschichte eingehe, dann ist es mir auch egal. Ich werde so lange Lyrik schreiben, bis es einen Lesezirkel bei *DMAX* gibt, und bis dahin ist es

noch ein langer Weg. Lässt sich zwischen Krieg und Lumberjack halt nicht besonders gut einreihen, so ein kleines Poemchen.
»Luftflottenkrieg. Baumsägen. Sehen Sie heute auf der Werkzeugmesse folgende Programmpunkte. Bühne 1: Vorführung einer Nutenfräse zur Verstärkung einer Blockverleimung. Bühne 2: Patrick Salmen mit seinem Gedicht *Fadenregenflimmern.*«
Ja, geil. So wird's laufen. Krasses Pferd. Und überhaupt. Fazit: Die Welt braucht Poesie, und Poesie braucht die Welt. Und manchmal brauchen stolze Männer in Schweißhelm einfach mal ein kleines Schweifreimlein. Und wenn harten Kerlen wie Ben Affleck salziges Liquid über die Wangen perlt, können sie notfalls immer noch Ausflüchte machen und behaupten, dass sie bloß tierisch schwitzen. Das geht schon in Ordnung.

Für Barbara

Da steh ich nun und lieb die Lyrik
Doch für dich hab ich nix übrik
Zwiebelwurst

Kannste nicht reingucken

Bei der Kommunikation sowie in sämtlichen anderen Bereichen des Lebens ist Folgendes von enormer Wichtigkeit: die Zehn-Sekunden-Regel. Alle Vorgänge dieser Welt sind scheiße, sobald sie die Dauer von zehn Sekunden überschreiten.

1. Sex im Allgemeinen

Eine Frau kann den schönsten Körper der Welt haben, nach zehn Sekunden ist der Reiz weg. Da heißt es dann: Augen zu und durch. Sie müssen wohl oder übel beenden, was Sie angefangen haben. Außerdem muss man immer seine Hose ausziehen. Ich möchte meine Hose aber nicht ausziehen.

2. Gleichgeschlechtliche Zärtlichkeit

Wenn sich zwei Männer küssen oder sich gegenseitig den Hintern kraulen, ist das völlig legitim, sofern es die Dauer von zehn Sekunden nicht überschreitet. Dann ist es weder schwul noch aufdringlich, sondern schlichtweg reine Neugier.

3. Reden

Gespräche decken innerhalb von zehn Sekunden Botschaft, Intention und Informationsgehalt komplett ab. Alles andere ist überflüssiger Firlefanz und nervt.

Nach zehn Sekunden haben Sie alles gesehen. Da wissen Sie, ah, Licht, Menschen. Fertig. Danach kann es nur noch schlechter werden.

Die Zehn-Sekunden-Regel ist nach unten hin modifizierbar. Ich erkläre das gerne anhand eines Beispiels: Wenn Sie zum Herrenausstatter gehen, sich eine Hose aus dem Regal nehmen und dann an der Kasse anstellen, könnten Sie theoretisch völlig eloquent auf die Verkäuferin einreden:
»Wertes Fräulein Einzelhändlerin, dieses schmucke Beinkleid soll es sein. Auf dass es mich zieren und galant kleiden möge. Monetäres bedarf dabei im Übrigen keinerlei Rolle zu spielen. Bitte quittiert nun und behaltet das Kupfergeld für die Kaffeekasse. Gehabt euch wohl. Bis in Bälde.«
Genau bei solchen Gelegenheiten kommt die Zehn-Sekunden-Regel ins Spiel. Gerade zweckgebundene Kommunikation gilt es, auf so wenig Worte wie möglich zu reduzieren. Die Macht der Sprache – das hört man doch so oft. Und Macht macht auf Dauer nun mal unsympathisch. Wichtig ist nicht die Anzahl der Worte, sondern die Art der Betonung.
Sie könnten in besagtem Fall zum Beispiel mit dem Kleidungsstück in der Hand zur Verkaufsberaterin gehen und bloß »Hose!« zu ihr sagen. Das allein impliziert bereits sämtliches für die Verkaufsszene relevantes Faktenwissen:

1. Sie wissen, dass es sich bei ausgewähltem Textil um eine Hose handelt.

2. Sie suggerieren freundlich, aber bestimmt: Fresse halten!
3. Sie haben völlig autark entschieden, dass Sie diese Hose gerne käuflich erwerben würden.

Letzteres ist natürlich nicht gegeben, wenn die Intonation zum Wortende hin ansteigt und Sie die Aussage wie eine Frage aussprechen: »Hoseee?« Dann lässt Ihre Äußerung auf Folgendes schließen:

1. Sie tendieren zu einer leicht ausgeprägten Dümmlichkeit und können eine Hose nicht von einem Wintermantel unterscheiden.
2. Sie wissen überhaupt nicht, was Sie bei einem Herrenausstatter machen. Eigentlich wollten Sie Staudensellerie besorgen, sind dabei aber gegen eine Laterne gelaufen und nun völlig orientierungslos.
3. Sie kommen ursprünglich aus Katalanien und heißen José, können sich aber aufgrund der Umstände 1 und 2 nicht an Ihren Namen erinnern und fragen sicherheitshalber nochmal nach.

Fest steht, wenn Sie sich nicht allzu tolpatschig verhalten, werden Sie in beiden Fällen mit einer Hose nach Hause kommen (sofern Sie das denn möchten).

Der Mensch redet im Allgemeinen viel zu viel. Ich mein, ich schreibe auch Geschichten und Bücher, aber dafür halte ich zumindest im täglichen Leben die Goschen.
Oh, ein Schriftsteller. Können Sie nicht zu meinem fünfundsiebzigsten Geburtstag ein kleines Gedicht über Kat-

zenbabys vortragen? Sie sind doch bestimmt sehr eloquent.
Oh, ein Quantenphysiker. Sie machen doch was mit Zahlen, können Sie nicht mal wahllos die Zahlen von eins bis hundert aufsagen?
Oh, ein Geologe …
Wichtig ist: Verwenden Sie niemals ein drittes Beispiel. Eigentlich hat man das Prinzip schon beim Schriftsteller verstanden, der Quantenphysiker war bereits überflüssig. Aber jetzt noch ein drittes Beispiel anzuführen wäre so überflüssig wie ein zweites Arschloch am Ellenbogen.
Sie sehen, die Zehn-Sekunden-Regel funktioniert immer. Nehmen Sie Gott. Ich mein, Gott kann man ja viel vorwerfen, aber nicht, dass er durch seine Überpräsenz den Leuten auf den Keks ginge. Marketingtechnisch war er gut vertreten. Rankommen. Schöpfung. Tschüss. Danach hat man ihn nicht ein einziges Mal wiedergesehen. Wie meine Oma. Die blieb auch immer nur für Kaffee und Bienenstich. Rankommen. Geschenk. Tschüss. Hat immer was zu tun, die Gute. Fußpflege. Wäsche auslüften. Kreuzworträtsel. Lässt nichts anbrennen.
Und genau darin liegt das Geheimnis von Beliebtheit. In der Abwesenheit. Wer nicht da ist oder wenig redet, kann auch keinem auf die Nerven gehen. Mit dieser Einstellung haben einige Menschen jahrelang Beziehungen aufrechterhalten können. Sie war zuhause und er in der Kneipe.
In diesen Kneipen soll es Menschen geben, die seit zehn Jahren jeden Abend an der Theke nebeneinandersitzen und es trotzdem geschafft haben, noch nie, wirklich noch nie auch nur ein Wort miteinander gewechselt zu haben. Kneipen sind ganz nebenbei auch die Ursprungsstätte der

Zehn-Sekunden-Regel. Ich finde ja auch viele Menschen auf den ersten Blick liebenswert und nett. Aber nur mit einer gewissen Kommunikationsreduktion bleibt man auch auf Dauer interessant.
Opa Willi zum Beispiel. Den kannst du fragen, was du willst.
»Hör mal, Willi, hast du das mit den Terroranschlägen mitbekommen? Was denken solche Leute sich nur?«
Antwort: »Kannste nicht reingucken.«
»Hör mal, Willi, die spinnen doch, die Politiker. Jetzt erhöhen die schon wieder die Steuern.«
Antwort: »Kannste nicht reingucken.«
»Hör mal, Willi …«
Denken Sie zurück an das, was ich über das dritte Beispiel erwähnt habe – is nicht. Lustig wäre an dieser Stelle aber der Hinweis auf ein zugemauertes Fenster gewesen. Kannste nicht reingucken. Hihi.
Sie sehen, Opa Willi ist Pragmatiker. Klar, könnte er sich die Mühe machen, seine Ansichten zu begründen und kluge, empirisch belegte psychologische oder philosophische Antworten zu geben. Aber mit *Kannste nicht reingucken* ist im Grunde alles gesagt.

Menschen suchen seit Zigtausenden von Jahren nach Antworten auf die großen Fragen des Lebens und der Menschheit.
Warum denkt der Mensch? Hat der Mensch eine Moral? Ist der Mensch von Grund auf ein Egoist? Wie schön wäre die Welt, wenn alle Leute so wie Opa Willi wären. *Kritik der Urteilskraft*, *Also sprach Zarathustra*, Platons Staatsphilosophie, Hegel, Kierkegaard, Sloterdijk – sie

alle würden ersetzt durch *Kannste nicht reingucken – Das Wissen der Welt in 24 Bänden.*
In allen Bänden wären ausschließlich leere Seiten zu finden, auf die man kleine Tiere malen oder sich Sudokus ausdenken könnte. Nur ab und zu stünden da verschmitzte Kommentare, die auf die Kernaussage dieses Werkes hinweisen würden.
»Na, siehste, sag ich doch. Kannste nicht reingucken. Machste nix, guckste bloß.«
Herzlichst, Ihr Jose

Die Eleganz des Birnbaums

Ein flüchtiger Besuch in der Bahnhofsbuchhandlung vor zwei Wochen. Vollbepackte Reisende quetschen sich mit ihren russlandgroßen Samsonite-Rollkoffern durch die engen Gänge. Wo ist die Tetris-Melodie, wenn man sie braucht?

Eine Frage drängt sich mir beim Besuch solcher Läden übrigens immer wieder auf. Wer zum Teufel liest diese bescheuerten Panzermagazine? *Der Landser?* Was denkt sich da der Durchschnittsreisende? *Oh, ich besuche am Wochenende die buckelige Verwandtschaft in Bad Münstereifel. Da kaufe ich mir für die Zugfahrt doch einfach mal ein Panzermagazin.*

Ich jedenfalls spazierte weiter zu einem der Bücherregale. *Birnbäume blühen weiß.* Ein wundersamer Titel. Ich nahm das Buch aus dem Regal, und mein Blick fiel auf den Einband. Auf dem Cover, und ich hätte viel erwartet, vorzugsweise einen Birnbaum, nein, auf dem Cover … ein Hundewelpe. Kein Witz. Ich habe dieses Buch letztlich nicht gekauft, weil ich keine Ambitionen in mir verspürte, mein Regal von einem Hundewelpen zieren zu lassen. Hinterher denkt jemand noch, ich würde mich für Hundewelpen interessieren, und dann müsste ich demjenigen stundenlang erklären, dass es in dem Buch gar nicht um Hundewelpen geht, sondern um Birnbäume. Vermutlich geht es in dem Buch noch nicht mal um Birnbäume, aber wen interessiert das schon? Wahrscheinlich ist *Birnbäume blühen weiß* auch wieder nur eine gottverdammte Metapher auf die Vergänglichkeit und die damit verbundene metaphysische Renaissance des Individuums, das in der Gesellschaft seine transzendentale Position sucht. Und dann würde jemand mich fragen, wie ich die transzendentale Position einstufen würde, und ich müsste sagen: »Keine Ahnung, ich bin nämlich dumm wie ein Sack Haferflocken und interessiere mich ausschließlich für Dosenbier und Bezirksligafußball.« Das könnte ich dann erklären, was aber mit Stress verbunden wäre. Ich hasse Stress.

Ich durchsuchte das Regal weiter nach neuer Lektüre, die meiner Wohnung einen gewissen elitär-intellektuellen Anstrich verleihen könnte. Oha. *Die Eleganz des Igels.* Das klingt auch sehr wundersam. Aber, wen wundert's, auf dem Cover: ein Kätzchen.

Schließlich gab ich auf und ging zum Regal für die Dummen. Da gab es ein Buch von einem dicken Mann, der jetzt nicht mehr dick ist und in dem Buch erklärt, wie man abnimmt. Ein Buch mit dem Titel *Warum Männer, die staubsaugen, bessere Liebhaber sind.* Ein Buch, das erklärt, wie man über Bücher redet, ohne sie gelesen zu haben, und ein Buch, in dem ein x-beliebiger B-Promi erklärt, wie man das Glück findet. Puh. Ich verstehe ja durchaus die Daseinsberechtigung von Trivialliteratur, aber was zu weit geht, geht zu weit. Wer behauptet, Fernsehen würde die Menschheit verblöden und die Weisheit dieser Welt sei ausschließlich in der Literatur zu finden, dem gehen in so einer Bahnhofsbuchhandlung ziemlich schnell die Argumente aus.

»Guter Mann, kann ich Ihnen helfen? Suchen Sie etwas Bestimmtes?«, fragte mich die Verkäuferin.
Ich grübelte. »Ein Buch wäre gut.«
Hilflos stand ich inmitten von Katzenkalendern, Notizbüchern, Duftkerzen, Gute-Laune-Schokolade, auf antik gemachten Notizbüchern, reduzierten DVDs, eigenartigen Jutebeuteln mit fröhlich-frechen Sprüchen wie *Lesen fetzt voll* und sonstigem unnützem Krimskrams.
»Ja, wir haben Bücher. Was interessiert Sie denn so?«
»Nun«, sagte ich, runzelte die Stirn und zog meine Hornbrille auf. *»Titten, Techno, Tretboot fahren.«* War zwar gelogen, aber ich hatte Angst, dass sie mich in pseudointellektuelles Geschwätz verstricken könnte.
»Wie bitte?«
»Sie haben schon richtig gehört.«
»Guter Mann, das war witzig. Eine kesse Alliteration, Sie verrückter Fuchs.«
»Wissen Sie, so hieß die letzte Doku, die ich auf RTL II gesehen habe, direkt nach *Kotzen, Kacken, Karneval* und *Bumsen, Baggern, Ballermann.«*
»Wirklich? Und worum ging es da?«
»*Titten, Techno, Tretboot fahren* beschreibt den französischen Intellektuellenstreit zwischen Camus und Sartre. Wissen Sie, Sartre hat Camus in der Presse zerreißen lassen, dann hat Camus *Der Fall* geschrieben, den Nobelpreis bekommen und Sartre kräftig in den Arsch getreten. *Titten, Techno, Tretboot fahren* beschreibt diesen brisanten Konflikt in einer ganz süffisanten Art und Weise. *Kotzen, Kacken, Karneval* ist im Gegensatz dazu ein wenig subversiver. Es geht um Ingeborg Bachmann und ihr kontroverses Verhältnis zu Paul Celan. Keine leichte Kost,

wissen Sie. Und, was soll ich sagen? *Baggern, Bumsen, Ballermann.* Stichwort: Existenzialismus. Blümerant, blümerant.«

Warum ich sie so verarschen würde, fragte mich die junge Dame.

Ich antwortete, dass ich dieses schöne Buch namens *Birnbäume blühen weiß* gefunden hätte und mich nun die Frage beschäftige, warum auf dem Cover ein beschissener Hundewelpe abgebildet ist. In was für einer Welt leben wir? Ich schreibe doch auch kein Buch mit dem Titel *Die Behutsamkeit perlweißer Katzen beim Murmelspiel* und packe ein Foto von meinen abgeranzten Tennissocken auf das Cover.

Sechshundert Jahre Buchdruck und dann so was. Da würde Johannes Gutenberg sich im Grab umdrehen, wenn er sehen würde, was die in diesen Bahnhofsbuchhandlungen für einen Firlefanz stehen haben. Da erfindet jemand in einem aufwendigen Verfahren über Jahre hinweg die beweglichen Metalllettern, damit Menschen Bücher schreiben können, bei denen sie dann Tennissocken auf das Cover packen. Oder vermaledeite Hundewelpen. Vollidioten.

Trotzig trottete ich weiter durch die Gänge. Mittlerweile bestehen diese Buchhandlungen ohnehin zu fünfzig Prozent aus einer Esoterik-Abteilung. Verwirrt schaute ich mich also um, ehe die nächste Verkäuferin vor mir stand. Wie wäre es denn mit Paolo Coelho oder diesem neuen Jakobsweg-Reiseführer von Marco Polo? Oder hier: In diesem Buch erzählt ein junger Backpacker von seinen Reiseerlebnissen im Kongo und beschreibt die Glückseligkeit des vermeintlich einfachen, aber doch sehr

erfüllenden Lebens. Interessieren Sie sich nicht für so etwas?
Aber sicher, dachte ich mir. Klar könnte ich so tun, als würde ich mich für Backpacker-Literatur interessieren. Klar könnte ich ein Jahr lang als Rucksacktourist durch den Kongo streifen und danach Sätze sagen wie: »Die sind ja alle so glücklich da unten.« Ich könnte mir aber auch einen schiefen Nagel in den Kopf rammen und behaupten, ich wäre Mecki, das behinderte Einhorn.
Also, ich glaube, ich kauf mir einfach ein Panzermagazin.

Neben mir im Zug sitzt ein etwa dreizehnjähriger Junge und liest Kafkas *Die Verwandlung*. Ich zerhacke derweil durch die Luft fliegendes Obst auf meinem Telefon. Selten habe ich mich geistig so überlegen gefühlt. Ojemine.

Die kurze Geschichte von einem Stoffschimpansen, Friedrich Nietzsche und dem Fährmann Charon. Und Weihnachten.

24. Dezember. Es war mal wieder so weit – Weihnachten bei den geliebten Großeltern. Ich bekam die schriftliche Einladung recht kurzfristig und überlegte auch ein Weilchen, ob ich mich nicht besser einfach alleine mit einer Pappkrone auf dem Kopf in die McDonald's-Kinderecke setzen und mir dort ein Kerzchen anzünden sollte. Aber schlimmer als letztes Jahr konnte das diesjährige Weihnachtsfest für mich schließlich auch nicht werden.
Ich erinnere mich zwar nur noch rudimentär, aber den letzten Heiligabend habe ich in einem defekten ICE zwischen Potsdam und Magdeburg verbracht. Ich saß damals mit einer vietnamesischen Familie an einem Vierertisch im Großraumabteil und habe für alle Beteiligten Waffeln gebacken. Für irgendwas mussten diese Steckdosen doch gut sein. Kleiner Tipp am Rande: Waffelverkauf ist übrigens auch eine prima Möglichkeit, um längere Bahnfahrten sinnvoll zu nutzen und sich nebenbei etwas für die Haushaltskasse dazu zu erwirtschaften. Ersatzweise ließe sich auch ein Elektrogrill anschließen, um Sucuk-Würstchen oder Bauchspeck zu grillen. Klar, es würde arg riechen, aber wenn andere Leute meinen, im Zug Eierbrötchen und Stinkekäse essen zu müssen, dann kann man doch genauso gut Bauchspeck grillen. Warum nicht?

Familie Nguyen und ich hatten jedenfalls ein den Umständen entsprechend schönes Fest miteinander, anders lässt es sich nicht sagen. Wir haben uns gut unterhalten, ein wenig *Mau-Mau* gespielt, *Sudokus* gelöst und Grauburgunder aus dem Bordbistro getrunken. Im Grunde genommen war es ein wunderbarer Abend. Die Nguyens und ich – man verstand sich blind. Aber mit der eigenen Familie wäre es trotzdem irgendwie schöner gewesen. Vertrauter womöglich.

Meine Großeltern habe ich nun schon ein gutes Weilchen nicht mehr gesehen, da ich mich mit Opa vor einiger Zeit etwas verkracht habe. Charme und Stil waren nie seine großen Stärken. Meine damalige Freundin war Asiatin, und als ich sie zum ersten Mal mitbrachte, um sie meinen Großeltern vorzustellen, begrüßte mein Opa sie mit den Worten: »Mit welchem Container haben sie dich denn hergeschafft?« Ein Meister der Feinfühligkeit. Ich meine, schlechter Humor ist eine Sache, Rassismus eine andere. Und selbst guter schwarzer Humor wäre für ein erstes Treffen womöglich ein wenig zu früh gewesen. Meine Freundin war damals noch nicht einmal richtig sauer, ich hingegen schaltete auf stur und wollte ihm eine Lektion erteilen. So leicht sollte er nicht davonkommen.

Familienfeste sind bei uns eh immer so eine Sache. Meist artet es auf vorher noch unabsehbare Weise aus, und am Ende überwiegt stets die Einsicht, dass man sich zwar irgendwie gern habe, aber dass diese Zuneigung langfristig nur mit dem nötigen räumlichen Abstand aufrechterhalten werden könne. Ohnehin waren wir eine recht überschaubare Truppe. Mutter hatte an Feiertagen immer Nachtschicht im Krankenhaus, und meine Tante war vor kurzem in ein tibetanisches Kloster abgehauen, um sich eine Auszeit zu nehmen. Dieses Jahr blieben also übrig: Opa, Oma, mein Vater, Onkel Jürgen, Sören – mein Neffe zweiten Grades – und ich. Fünf Männer und meine Oma. Aber wer meine Oma kennt, der weiß, dass sie sich von quantitativ männlicher Überlegenheit so schnell nicht unterkriegen lässt. Im Gegenteil.

Sören ist ein seltsames Kind, weswegen seine Eltern vermutlich auch ohne ihn über Weihnachten nach Mallorca geflogen waren und um Onkel Jürgen »ein paar Mußestunden mit seinem goldigen Enkel zu gönnen«. Die meisten Kinder sehen im Säuglings- und Kleinkindalter ja irgendwie putzig aus. Sören hingegen … na ja, eher wie ein feuchtes Stück Lehm mit einem aufgemalten Gesicht. Und Gesicht ist noch übertrieben. Er hat etwas Karnevaleskes an sich. Süß ist jedenfalls anders. Mittlerweile ist er zwei und optisch hat sich da nicht viel getan. Außerdem steht er ständig im Mittelpunkt, und das kann ich ja mal so gar nicht leiden.

Als Einzelkind habe ich nicht nur die negativen Eigenschaften Egoismus und allgemeine Soziopathie für mich gepachtet, sondern habe mitunter die nervige Tendenz entwickelt, ständig und überall jedwede Aufmerksamkeit für mich zu beanspruchen. Geburtstage, zum Beispiel. Wenn ich nicht mindestens zwanzig Mal mit einem Stuhl hochgelebt wurde und man mir nicht alle fünf Minuten ein Liedchen gesungen und mich in den Arm genommen hat, wurde ich meist ziemlich ungemütlich. An besonders schlimmen Tagen habe ich mich gar selbst besungen. *Wie schön, dass ich geboren bin. Ich hätte mich sonst sehr vermisst …*

Aber gut, inzwischen war ich ja alt genug. Da sollte ich drüberstehen. Seit ich Sören die DVD *Der blutige Pfad Gottes* zum zweijährigen Geburtstag geschenkt hatte, war er ohnehin ein wenig ruhiger geworden. Ich hatte die Hoffnung auf Besserung unserer Beziehung also noch nicht aufgegeben. Vielleicht konnten wir am Ende sogar noch ganz dicke miteinander werden.

Jedenfalls sollte an diesem Tage alles besser werden. Oma, Opa, Vater, Onkel, Neffe – alle waren sie vereint. Mag sein, dass man jetzt kritisieren könnte, wie scheinheilig es doch ist, nur Weihnachten als Familie zusammenzukommen. Umso schöner ist es ja, dass die liebe Verwandtschaft sich überhaupt einmal im Jahr trifft. Und ob die Verwandtschaft nun buckelig oder anderweitig deformiert ist, ist dabei zunächst einmal irrelevant. Eine Familie zu haben ist ein ganz und gar prächtiges Glück. »Die Familie«, heißt es in *Der blutige Pfad Gottes* so schön, ist »wie ein heiliges Band«.

14.56 Uhr. Ich klingelte an der Tür.

Oma begrüßte mich in ihrer typisch herzhaften Art, kniff mir in die Wangen und sagte: »Jung, was bist du dick geworden. Wunderschön. Ein richtiger kleiner Speckmops. So hab ich's gern.«

In ihrer Idealvorstellung von der Welt sollten alle Menschen mindestens eine Tonne wiegen, damit im Falle einer möglichen Bedrohung jeder mindestens ein Jahr von seinen eigenen Fettreserven leben konnte. Wie Kamele. Oder so ähnlich. Auch wenn ich bis heute glaube, dass Kamele in ihren Höckern keine Fettreserven, sondern schlicht und einfach noch ein Kamel in sich tragen. Und darin steckt dann wieder ein Kamel. Immer so weiter. Das Matroschka-Prinzip. Was passiert denn, wenn ein Kamel so richtig fettleibig ist? Bekommt es dann eine riesige Wampe oder wächst einfach nur der Höcker? Lustig wäre es auch, wenn menschliche Wampen nicht am Bauch, sondern am Rücken wachsen würden. Wie eine Art Rucksack könnte man sie bei sich tragen, und wenn man zum Beispiel an einem Empfangsschalter oder in einem Kiosk arbeiten würde, hielten einen trotzdem alle für sportiv und schlank. Für Oma jedenfalls musste ein Mensch weder mollig noch prall, sondern schlichtweg fettleibig sein, um sich ihrer Gunst sicher sein zu können. Anscheinend war ich auf einem guten Weg.

Dann folgte das, was immer geschieht. Heimlich steckte sie mir einen Geldschein zu und flüsterte: »Hier mein Junge, aber nichts dem Opa sagen.«

Ungefähr zehn Minuten später kam dann Opa, steckte mir einen weiteren Geldschein zu und brummelte: »Hier mein Junge, aber nichts der Oma sagen.«

Ich habe nie verstanden, wie die beiden mit diesem großzügigen Finanzsystem über die Runden kamen. Oma bekam jeden Monat Taschengeld von Opa, und dieses Taschengeld wurde heimlich an mich weiterdelegiert. Opa bekommt zwar eine recht großzügige Rente, aber irgendwie hat dieses System Lücken. Die beiden wirtschaften nebeneinander her. Ein Staatenbündnis, das sich die Ausgaben gegenseitig verschweigt. So wie Stadtverwaltungen kurz vor Quartalsende ihre Erträge verpulvern, damit sie für den nächsten Zeitraum wieder denselben Betrag für die Folgemonate genehmigt bekommen. Wie auch immer. Oma und Opa sind für mich jedenfalls so eine Art menschgewordenes Korruptionsbündnis. Aber gut. Solange dies zu meinem persönlichen Vorteil geschieht, sollte ich keine weiteren Einwände erbringen. Wären wir Deutschland, wären Oma und Opa das Ruhrgebiet. Ich wiederum wäre Görlitz. Solidaritätszuschlag. Aufbau Ost. Nennen Sie es, wie Sie wollen.

»Junge, was macht die Schule?« Oma sah mich interessiert an.

»Ich gehe seit zehn Jahren nicht mehr zur Schule.«

»Oh. Abgebrochen?«

»Nein, Abitur. Anno dazumal.«

»Glückwunsch. Und was machst du jetzt?«

»Ich bin Autor«

»Autor? Wie schön. Krimis?«

»Nein, Kurzgeschichten.«

Ich sah die ersten Anzeichen von Enttäuschung in ihrem Gesicht.

»Keine Krimis?«

»Nein, keine Krimis.«

Weg war sie.

Oftmals ist es für einen Autor wesentlich einfacher, sich als Vermessungstechniker oder CNC-Fräser auszugeben, um unangenehmen Fragen auszuweichen. Neulich erst hatte ich eine Lesung in der siebten Klasse einer Gesamtschule. Gerne würde ich auch nur ansatzweise etwas Positives darüber berichten, aber da gibt es nichts. Gar nichts. Ich kam in den Klassenraum, die Lehrerin kündigte mich als jungen Schriftsteller an, und schon war der erste Finger in der Luft.

»Haben Sie *SpongeBob* geschrieben?«

»Nein. Leider nicht.«

Die Antwort kam rasend. »Dann interessiert es mich nicht.«
Das fing ja gut an.
Ich stellte mich vor. »Also, mein Name ist Patrick …«
»Patrick?«
»Ja.«
»Wie der von SpongeBob?«
»Ja, wie der von SpongeBob.«
»Haha!«
Allgemeines Gelächter. Dann imitierten die Kinder zwanzig Minuten lang die Stimme von Patrick Star und zeigten mit dem Finger auf mich. Ich hasste mein Leben.
Aber am Fest der Liebe wollte ich mal nicht jammern. Heute war ein schöner Tag. Ich hatte mir mein inneres Partyhütchen aufgezogen und war bereit für die große Gaudi.
Langsam trudelte auch der Rest der Familie ein. Einer nach dem anderen. Gegen 15 Uhr saßen wir alle vereint und zusammengequetscht auf der Küchenbank und schauten Oma beim Kochen zu.
»Oma, was gibt es denn eigentlich als Hauptgang?«
»Braten mit Sosse.«
Oma mochte es nicht, Vokale unnötig in die Länge zu ziehen. So wie es nicht *Kaffee* heißt, sondern *Kaffe.* Wahrscheinlich eine Resteigenschaft aus Kriegszeiten. Da galt es schließlich, keine Zeit zu verschwenden.
»Das heißt *Soße,* Mutti. *Soooße*«, sagte mein Onkel.
»Ja, wegen mir.«
»Das heißt *meinetwegen*«, antwortete er.
Oma ging zu ihm hin, fackelte nicht lang und knallte ihm eine. »So ein frecher Naseweis. Elender Besserwisser.«

Ich lachte innerlich und freute mich in kindlicher Heimlichkeit. Mein Onkel war wirklich ein nerviger Neunmalklug. Endlich bekam er mal seine gerechte Strafe. Doch ehe ich mich versah, hatte auch ich eine kleben.

»Man lacht nicht über andere. Schreib du erstmal 'nen vernünftigen Krimi, du kleiner Lümmel.«

Oma kam so langsam in Topform.

»Und jetzt ein für alle Mal: Wenn ich sag, das heißt *wegen mir*, dann heißt das auch *wegen mir*. Wegen meiner Existenz an sich. Ihr macht mich alle fertig. Jetzt trink ich mir erstmal einen Absacker.«

»Das heißt *Ich trinke einen Absacker*, nicht *Ich trinke MIR einen Absacker*«, sagte mein Onkel. »Du kannst schließlich nicht jemand anderem einen Absacker trinken. Das ist doppelt-gemoppelt. Eine Art Pleonasmus. Trinken impliziert bereits die Selbstreferenz.«

Jetzt wurde Oma garstig. »Hör mir mal gut zu, du Sprachnazi«, sagte sie. »Wenn du nicht sofort die Schnüss hältst, du Halunke, dann kleb ich dir gleich noch einen.«

»Du meinst *eine!*«, korrigierte er in Sekundenschnelle.

KKKKKRRRAAAWWWUMMMMM. Sein Kopf knallte ruckartig gegen den massiven Buchenholzschrank, ehe er vorwärts zusammensackte und bewusstlos auf die Tischkante knallte, auf der Oma ihm wenige Augenblicke zuvor noch eine Gulaschsuppe als Vorspeise serviert hatte. In ihrem Blick lag der aufgestaute Hass auf alle Bastian-Sick-Verschnitte dieser Welt. Hach, man musste sie einfach gern haben. Immerhin mal was Neues. Streit gab es auf Familienfesten immer wieder, aber Tote hatten wir bislang noch nie gehabt. Schön.

»So, Freunde, wie gesagt, Gullarsch ist fertig.«

Mein Bedürfnis, sie ebenfalls zu korrigieren, hielt sich angesichts der vorangegangenen Geschehnisse in Grenzen. *Gullarsch* klang eh viel schöner. Ein Gull ist womöglich eine Kreuzung aus Gnu und Bulle. Und ich hatte schon immer einmal den Hintern eines Gulls verspeisen wollen.

»Na komm«, rief sie. »Hol dir mal 'nen kräftigen Schlag ab.«

Was wie eine Drohung klang, war harmloser, als es wirkte. Ich ging mit dem Teller zum Topf, und Oma haute mir das Ding mit der Suppenkelle bis zum Rand voll. Die anderen folgten meinem Beispiel, und nach einigen Sekunden saßen wir alle futternd am Küchentisch und schlugen uns die Wampe voll. Man konnte von Omas autoritärer, matriarchalischer Art halten, was man wollte, und auch wenn ihre Haushaltsdiktatur manchmal die Hölle war, so war ihre Gulaschsuppe das Paradies. Zuckerbrot und Peitsche. So hielt sie uns bei Laune. Und lieb hatten wir sie alle. Bis auf Onkel Jürgen.

»Schmeckts dir, Speckmops?« Sie sah mich fragend an.

Dabei hatte ich nicht mal einen Grund, beleidigt zu sein, denn mit dem Kosenamen *Speckmops* war ich noch gut bedient. Meinen Vater hatte sie zum Beispiel bis zu seinem fünfzehnten Lebensjahr schlichtweg *Klumpen* gerufen. »Kluuumpen, Essen ist fertig!«, hallte es damals durch den Innenhof, wenn sie ihren Sohn aufforderte, nach Hause zu kommen. Bis zum Schulabschluss dachte er, Hartmut sei nur ein sonderlicher Spitzname, den ihm die Mitschüler gegeben hatten, um seine brachiale und tollkühne Art standesgemäß zu würdigen.

Mich nannte sie, seit ich mich erinnern kann, immer *Speck-*

mops. Womöglich, weil ich als Kind unglaublich dicke Pausbäckchen hatte und immer so aussah, als hätte ich einen halben Liter aufgequollener Götterspeise im Mund. Aber *Speckmops* war natürlich sehr lieb gemeint, schließlich waren ihrer Meinung nach nur dicke Kinder auch glückliche Kinder.
Vater musste bereits mit vierzehn aus dem Haus und arbeiten gehen. Nach seiner Meinung wurde er nicht gefragt. Vergessen Sie G8. Wenn es nach Oma geht, verläuft der akademische Werdegang folgendermaßen: Grundschule. Zack. Fertig. Raus aus dem Haus. Wobei, wer brauchte schon die Grundschule? Warum nicht gleich mit dem Bobbycar zur Baustelle? Opa hatte damals Mitleid mit dem Jungen, aber viel zu sagen hatte er selbst leider auch nicht. Oma hatte den Laden stets fest im Griff. Und wenn Opa jemals die Hosen anhatte, dann höchstens in Form eines schlackernden Stofffetzen, der ihm um die Knöchel baumelte.
»Sag mal, Junge«, Opa traute sich, auch mal was zu sagen, »wieso schreibst du denn keine Krimis?«
Ich dachte nach. Die Antwort lag eigentlich auf der Hand. Ich bin ein Harmoniemensch und hasse es, wenn irgendwas kaputtgeht oder Leute sterben. Blut kann ich zudem auch nicht sehen. Nein, ich hab es gern, wenn alles seine Ordnung hat. Vor einiger Zeit hatte ich mich aber dennoch mal an einem Krimi versucht. Er war laut Aussage einiger Testleser sehr langatmig und unprätentiös, da ich alle spannenden Szenen weggelassen und bereits im Titel *Der Gärtner ist ein Mörder* den Übeltäter verraten hatte.
»Jetzt sag doch, warum schreibst du nicht mal einen Krimi?«

Ach, verdammt. Ich war diese Erklärungen leid und musste an einen schönen Comic denken, den ich kürzlich erst im Internet gefunden hatte:

© Tom Gauld

Das Szenario wollte ich mir zwar ersparen, aber sicher nicht um den Preis, von nun an Kriminalromane zu verfassen.

Ich sah Opa an. »Ich habe euch angelogen. In Wahrheit bin ich gar kein Autor, sondern CNC-Fräser. Ich hasse Literatur.«

»Oha. Und was machst du da den ganzen Tag?«

»Ich fräse.«

»Und was?«

»CNC!«

»Was ist das?«

»CNC halt. Chinesische nukleare Chemikalien.«

»Du fräst Chemikalien? Wie das?«

Verdammt. Langsam wurde es brenzlig.

»Ach verdammt, ist doch egal.«

»Soweit ich weiß«, sagte Opa »steht die Abkürzung CNC für *Computerized Numerical Control.* Und du fräst kein CNC, sondern wenn, dann *mit* CNC. Warum lügst du uns an, Junge?«
Verdammt, woher konnte er bloß so gut Englisch? Ich grummelte vor mich hin.
KKKKRRRAAAWWWUMMMMM. Es dauerte nicht lange, da lag auch Opa kopfüber und regungslos im Gulasch.
Oma nahm mich in den Arm. »Auch so ein Besserwisser. Hör nicht auf ihn. Ich finde gut, dass du Chemikalien fräst. Ist mir lieber als Autor. Aber egal, was passiert, ich hab dich lieb.«
»Egal, was passiert?«, hakte ich nach.
Oma lächelte. »Ja. Ich mag ja übrigens diesen Schorn Krischäm.«
»John Grisham«, murmelte ich.
Nichts passierte. Puh.

Wenig später sollte es dann endlich so weit sein. Die große Bescherung. Darauf freute ich mich schon den ganzen Tag und hatte große Mühe, mich im Zaum zu halten. Schließlich wusste ich bereits, was ich bekommen sollte, weil ich monatelang von meinem potenziellen Geschenk geschwärmt hatte und nie müde wurde, subtil zu erwähnen, wie sehr ich mich darüber freuen würde. Mein Wunsch war zwar etwas ungewöhnlich für mein Alter, aber daran sollte es nicht scheitern. Stichwort: Stoffschimpanse. Lebensgroß. Batteriebetrieben. Konnte sprechen. Und mit »konnte sprechen« meine ich, er beherrschte zwei Sätze: *Hugo hat Hunger* und *Ich will schlafen.* Am Anfang dachte ich noch, dass man sich da ja durchaus etwas mehr

Mühe hätte geben können, aber wenn ich genau darüber nachdachte, war mein aktiver Wortschatz auch nicht wesentlich größer, und eigentlich empfand ich diese minimalistische Reduktion sprachästhetisch als äußerst reizvoll. Im Wesentlichen war der Sinn des Lebens in diesen zwei Sätzen komplettiert. Ja, da war ich mir zusehends sicher! Dieser Schimpanse war der größte Philosoph der Neuzeit. Ein zweiter Nietzsche. Und wenn man mir den schenken würde, wäre das ganz und gar dufte. Ja, dieser Schimpanse sollte fortan mein treuer Begleiter sein. Im Karstadt stand er seit zwei Wochen nicht mehr an seinem Platz, und ein mysteriöses Paket im Flur wies einen deutlich schimpansenartigen Grundriss auf. Ich freute mich wie bekloppt und stellte mir vor, wie wir beide gemeinsam mit einem guten Glas Cognac in einem Ohrensessel sitzen würden. Auf unserem Schoß ein altes staubiges Werk von Baudrillard. *Die Agonie des Realen.* Draußen die Welt. Uns egal. Ich würde ihn fragen: »Und mein Freund, was hältst du so im Allgemeinen von der Baudrillardschen Simulationstheorie?«, und er würde darauf erwidern: »Hugo hat Hunger.«

»Komm mal mit, Junge.« Opa zerrte mich in den Flur. »Wir haben diesen komischen Schimpansen besorgt. Sören wird sich sicher freuen. Willst du ihn überreichen? Schließlich war es deine Idee. Hast mir ja seit einer Ewigkeit damit in den Ohren gelegen.«

»Wieso überreichen? Sören?«

»Na, dein Neffe.«

»Schon klar. Aber nix da. Hugo ist für mich.«

»Hugo?«

»Der Schimpanse.«

»Was willst du mit dem albernen Schimpansen?«
»Er kann reden. Hier, schau mal ...«
Ich wollte gerade sein Bäuchlein kraulen, da fuhr Opa dazwischen: »Jetzt werd bloß nicht albern. Wenn er dir so wichtig ist, teilt ihn euch doch einfach.« Er verließ sichtlich genervt den Raum und ging zurück in die Küche.
Immer derselbe Mist. Klar, ich hätte Sören sein Geschenk gönnen können. Hätte mich für ihn freuen sollen. Aber jedes Jahr musste ich mit ansehen, was der Junge für großartiges Spielzeug geschenkt bekam. Nicht, dass ich jetzt neidisch gewesen wäre, aber ... ach egal. Na gut. Ich war neidisch. Das war schon damals mit meinem Cousin so gewesen. Jedes Jahr musste ich mit ansehen, was der Junge für tolle Präsente bekam. Jedes Jahr bekam er das Paradies auf Erden geschenkt. Und wusste er das zu schätzen? Nein. Da bekam so ein kleiner Stinker ein gigantisches Playmobil-Parkhaus geschenkt, und alles, was er dazu zu sagen hatte, war: »Aa gemacht. Töpfchen muss.« Wissen Sie, was ich mir da immer dachte? *Grmpf.* Kennt man aus Comic-Gedankenblasen. Eine spezielle Art des Zorns, weniger jähzornig und aggressiv, vielmehr etwas subtiler, einen plötzlichen Tobsuchtsanfall unterdrückend, zwar beleidigt und trotzig, aber fast auch ein wenig liebenswert. *Grmpf* halt. Verdammte Axt! Hugo gehörte mir. »Nicht wahr, Hugo?« Im Geiste sah ich in seine treuen Schimpansen-Knopfaugen. Teilen? Tss. Sah ich aus wie Sankt Martin?
Und mir würde man dann wahrscheinlich wieder Bücher schenken. Warum denken eigentlich immer alle, dass man einem Autor unbedingt Bücher schenken muss? Was soll der Unfug? Sie schenken einem Klempner doch auch keine

Rohrzange zu Weihnachten. Und wenn es mal keine Bücher sind, dann sind es meistens Sachen, die man in den großen Geschenke-Buchhandelsketten unter der Kategorie *Diverses* findet. Gute-Laune-Schokolade, Kalender mit Säugling-steckt-in-Blumentopf-Motiven, Porzellan-Buddha-Figuren oder auf antik gemachte Ledereinbände für E-Book-Reader. So ein Blödsinn. Alles muss heute retro sein. *Hier, ich übergebe dir feierlich die Hand meiner jungen hübschen Tochter, aber wir haben ihr die Haut ihrer toten Großmutter übergezogen.* So was will doch niemand.

»Jetzt komm endlich«, hallte es aus der Küche. »Wir wollen mit der Bescherung anfangen.«

»Läuft.«

Wir saßen also wieder alle beisammen. Oma verteilte noch eine Runde Magenbitter, Opa stopfte sich nervös die Pfeife, und Vater wippte mit dem Stuhl.

Sören lungerte derweil mit einem Matchbox-Porsche auf dem Teppichboden und wiederholte stumpf, aber lautstark das einzige Wort, das er beherrschte: »Auto, Auto, Auto, Auto, Auto, Auto, Auto!«

Ich überlegte intensiv, wie ich ihm heimlich einen Kümmerling zukommen lassen könnte, damit endlich mal Ruhe herrschte. Ist ja schön, wenn der kleine Mensch sprechen lernt, aber konnte er nicht zur Abwechslung mal etwas Anspruchsvolleres wie »endoplasmatisches Retikulum« von sich geben?

»Auto, Auto, Auto, Auto.«

Oma wurde langsam unruhig. »HALT DIE GOSCHEN!« Derartig vulgäre Töne war ich nicht von ihr gewohnt. Erschrocken sackte der Kleine in sich zusammen. Oha.

Die hohe Kunst der Pädagogik. Oma hatte sie drauf. Negative Konditionierung. Die gute alte freudianische Schule.
»So, geht's jetzt endlich mal los mit der Bescherung?«
Opa war als Erster dran. Welche Überraschung, sein Päckchen enthielt Pfeifentabak und eine Politiker-Biographie. Unsere Familie war an Kreativität mal wieder kaum zu überbieten. Diesmal: Gerhard Schröder. Opa öffnete den Tabak, steckte seine Nase in die Dose, nahm eine kurze Geruchsprobe, murmelte dann irgendwas Kryptisches in seinen Bart und fing an zu lächeln. Puh! Glück gehabt. Dann setzte er seine Lesebrille auf, begutachtete den Buchtitel, und mit einem Mal verflog sein Lächeln.
»Scheiß Sozialdemokraten«, grummelte er. »Das hat mir in diesem Haus gerade noch gefehlt.«
Just in dem Moment, in dem er zu einem sehr langwierigen Monolog über die Geschichte der SPD und seine persönliche politische Weltanschauung ausholen wollte, hielt Oma ihm einen Kümmerling vor die Nase – was sich wohl nicht unter positiver Konditionierung, sondern eher unter Problemverschiebung subsumieren ließ. Methodisch fraglich. Aber sie schien zu wissen, was sie tat.
Dann war Vater dran. Ein Riesenpaket Pfefferminzpastillen und das CD-ROM-Paket *Steuerrecht 2014.* Was jeden Menschen auf der Erde in eine Merkel-artige Gesichtsstarre hätte verfallen lassen, sorgte bei ihm sichtlich für Begeisterung. Er frohlockte.
Jürgen bekam vorläufig gar nichts, da er immer noch bewusstlos und kopfüber in der Gulaschsuppe verweilte. Wie friedlich dieser Mensch unter den richtigen Bedingungen doch sein konnte!
Oma war inzwischen stolze Besitzerin eines neuen *Sudo-*

ku-Buches sowie eines Jahresabonnement vom *Landser*-Magazin geworden. Das hatte ich besorgt, und wie sich herausstellte, hatte sich da ein kleiner Flüchtigkeitsfehler eingeschlichen. Ich hatte eigentlich das *Landlust*-Magazin organisieren sollen. Aber wer konnte schon den Überblick behalten bei den tausend verschiedenen Illustrierten. *Landspiegel, Landhaus, Liebes Land, Land & Wohnen, Landlust, Landkind, Landideen, Land heute, Landser.* Wie sollte sich das einer merken können? Aber nun gut, wer wusste schon, wofür Oma auf ihre alten Tage nicht noch eine *Landser*-Zeitschrift gebrauchen konnte. Opa schlug vor zu tauschen und hielt ihr die Schröder-Biographie vor die Linse.

»Vorschlag«, sagte er, »Panzer gegen Sozialdemokraten.«

»Nix da, du Räuber.«

So schnell wollte sie ihr Panzer-Magazin dann also doch nicht entsorgen.

Als Nächstes war Sören dran. Doch er hatte seine Rechnung ohne mich gemacht. Zunächst schaute er minutenlang verdutzt auf das Paket. Ich würde seinen Gesichtsausdruck gerne näher beschreiben, aber verdutzt trifft es wohl am besten. Nachdem er in akribischer und detailverliebter Kleinstarbeit das Paket geöffnet hatte, und damit meine ich, nachdem er es ruckartig aufgerissen und das Papier zerfetzt hatte, blickte er ratlos auf einen achtzehn Jahre alten Glenmorangie und eine Auswahl kubanischer Zigarren. Er schien leicht verwirrt zu sein. Aber nicht nur er. Dann heulte Sören los. Die Apokalypse. Bevor jemand etwas sagen konnte, musste ich aktiv werden. Den kleinen Schildertausch sollte außer den Großeltern keiner mitbekommen haben. Und die beiden würden sich schon in Schweigen hüllen. Hektisch öffnete ich also mein Paket.

»Hugo! Hugo! Hugo! Hugo!«

Ich freute mich wie ein Schneekönig auf LSD. Der Schimpanse und ich feierten unser Wiedersehen. Endlich! Da war er. Unserem gemeinsamen Leben konnte nichts mehr im Wege stehen. Niemand sollte uns je wieder trennen. Der Affenphilosoph und ich. Beste Freunde auf immer und ewig. Ich kraulte sein Bäuchlein.

»Hugo hat Hunger.«

»Apropos Hunger«, warf ich in die Runde, »so langsam könnten wir, oder? Ist der Braten nicht endlich fertig?«

Es galt nun, die Situation herunterzuspielen und die allgemeine Aufregung irgendwie abklingen zu lassen. Sören kauerte noch immer in der Ecke und weinte.

Ich zuckte mit den Schultern und deutete ein Lächeln an. »Besser als ›Auto! Auto! Auto!‹«

Verständnislose Blicke. Alles Spaßbremsen.

Ich reichte Sören die Panzerzeitschrift. »Hier. Lies.«

»Sag doch was, Hartmut.« Oma sah ihn erwartungsvoll an. In dem Moment rannte Vater los und verschwand auf dem Klo. Er ward den ganzen Abend nicht wiedergesehen. Kleiner Tipp am Rande: eine Zwölfer-Packung Pfefferminzpastillen kann das Hungergefühl zwar temporär unterdrücken und macht irgendwie schon ein bisschen satt, aber … ach, lassen wir das. Sagen wir, ich habe mit diesem Phänomen vor kurzem meine eigenen Erfahrungen gemacht. Und ich glaube, es gibt nicht viele Frauen, die ihrer besten Freundin nach dem ersten Date erzählen: »Hach, Annegret. Das war wirklich bezaubernd. Er war zwar drei Stunden scheißen, aber er hatte sooo einen frischen Atem. Ich glaube, ich bin verliebt.« Aber das nur am Rande.

»Was soll ein Zweijähriger mit kubanischen Zigarren?«

Das mit der Beruhigung der Situation hatte ich mir anders vorgestellt. Opa sah mich vorwurfsvoll an.

Mir blieb nichts anderes übrig, als zu antworten. »Man kann nie früh genug mit dem Rauchen anfangen.«

»Und der Whisky?«

»Jetzt pass mal auf. Ich persönlich finde ja, dass Whisky und Zigarren ein ganz und gar hervorragendes Geschenk für einen Zweijährigen sind. Absolut. Man sollte Kinder nicht unterfordern, indem man ihnen irgendwelchen Unfug in Form von Holzspielzeug und Plüschtieren schenkt. Wie oft hört man von Hochbegabten, die sich in der Schule ausklinken, weil sie nicht genügend gefordert werden. Und dann hast du den Salat. Sitzenbleiben. Schulabbruch. Straße. Da schenke ich ihnen lieber gleich einen guten Whisky. Irgendwann wird der Junge in ein Alter kommen, in dem man sich mit Feigenlikör zuschüttet. Er hingegen hat die ganze Scheiße dann schon hinter sich. Vertrau mir. Und wenn sie mit sechzehn alle mit dem Rauchen anfangen und Zigarettenautomaten plündern, dann wird er über den Dingen stehen und sich weltmännisch zurückziehen. Glaub mir doch. Am leichtesten entwöhnt man den Menschen doch, indem man ihm nicht den Entzug, sondern das Übermaß gewährt. Man kennt doch immer irgendjemanden, der wiederum jemand anderen kennt, dessen Eltern ihren Kindern das Trinken angeblich abgewöhnt haben, indem sie ihren Nachwuchs zwanzig Kurze auf Ex trinken ließen. Mit dreizehn. Ohne Unterbrechung.«

»Alkohol verdirbt den Charakter«, warf Oma ein.
Eine absurde Komik, diesen Satz aus dem Mund einer Frau zu hören, die sich bereits vor dem Hauptgang sieben Kümmerlinge hinter die Binde gekippt hatte.
Da fiel mir das Zitat des Säufers aus *Der kleine Prinz* ein: *Man trinkt, um zu vergessen, dass man trinkt.* Der Satz hätte von Hugo stammen können.
»Jedenfalls«, sagte ich, »man sollte Sören genug Vertrauen entgegenbringen. Er wird schon nicht besoffen in der Krabbelgruppe auftauchen.«
Eigentlich eine schöne Vorstellung – Sören sitzt mit seinem *Bob-der-Baumeister*-Pullover und Stopper-Socken in einem Bällebad. In seiner linken Hand ein Whiskyglas. Rechts die Zigarre. Sein Blick schweift durch die Runde, und dann fängt er plötzlich an, aus Sinatra-Songs zu zitieren. Oder er erzählt den anderen Kindern sexistische Altherrenwitze. Hach, Sören, wärst du doch mein Sohn – die Welt läge uns zu Füßen …
»Gib dem Jungen endlich seinen Schimpansen.« Oma wurde immer ungeduldiger.
Na gut. Es half ja nichts. Aber … ach du Scheiße. »Wo ist Sören?«
Während der lebhaften Diskussion über seine potenzielle Alkoholikerzukunft hatten wir dem Jungen keinerlei Aufmerksamkeit geschenkt. Jetzt sprangen alle vom Tisch auf und suchten ihn. SÖÖÖREN!!!
»Der ist bei mir.«
»Wo?«
»Bei mir. Auf dem Klo.«
Ah. Das war Vater.
»Was ist passiert?«, schrie Opa.

»Das wüsste ich auch gern. Man könnte meinen, der Junge hätte Zigarren gefressen. Die ganze Kloschüssel. Alles voller Tabak. Was habt ihr bloß mit ihm gemacht?«
»Och. Nix«, rief ich.
Jetzt nur nicht in Panik geraten und den Überblick verlieren. Wenn der Junge schon auf die Idee kam, die Zigarren zu essen, was zum Teufel hatte er dann mit dem Whisky angestellt?
Plötzlich klingelte es an der Tür.
Und damit begann es endgültig, unübersichtlich zu werden.
»Erwartet ihr noch Besuch?«
»Nein.«
»Wer kann das dann bloß sein?«
»Na, mach doch auf.«
Vorsichtig öffnete ich die Eingangstüre. Nein! Das konnte doch nicht wahr sein. Familie Nguyen. Leibhaftig. Vollzählig und freudestrahlend.
»Was macht ihr denn hier?« Ich war sichtlich überrascht.
»Du hast doch gesagt, wir könnten nächstes Jahr wieder gemeinsam feiern.«
»Echt?«
»Die Waffeln waren wirklich ein Traum.«
»Danke.« Ich fühlte mich zwar etwas überrumpelt, aber insgeheim freute ich mich über frischen Wind an diesem Abend. »Woher wusstet ihr, wo ich bin?«
»Facebook.«
»Ah. Na, dann kommt doch rein.« Ich öffnete ihnen die Türe und rief: »Opa! Oma! Wir haben Besuch.«
Man hörte das Knarren auf den Treppenstufen, während meine asiatischen Gäste gen Stube schritten. Ich betete.

Bitte kein Containerwitz! Bitte kein Containerwitz! Bitte kein …

Da stand auch schon Opa vor uns. »Aus welchem Container …«

In dem Augenblick nieste ich so laut ich nur konnte. HAAATSCHIII.

»Gesundheit.«

»Danke. Opa, das ist Familie Nguyen. Gute Freunde von mir. Ich habe letztes Jahr mit ihnen Heiligabend gefeiert. Lass sie uns willkommen heißen.«

Und ehe Opa etwas sagen konnte, hatte ich sie bereits gebeten, noch weiter durchzukommen.

Opa sah das kleine Mädchen an. »Na, Kleine!? Verrätst du mir deinen Namen?«

»Ni.«

»Ja, dann nicht.«

»Nein, Ni ist ihr Name. Und das hier sind Ahn Bien und Thao.«

»Aha.«

Opa schien sich zu beruhigen. »Darf ich Ihnen etwas zu trinken anbieten? Einen Whisky vielleicht? Junge, hol doch mal den Glenmorangie.«

Oje.

Doch da stand auch schon Oma und hielt mir den Whisky vor die Nase. »Hier. Der stand noch auf dem Boden.«

Puh. Glück gehabt. Hatte mir schon die schlimmsten Szenarien ausgemalt.

Ich schenkte den Nguyens zwei Gläser ein und stellte die Flasche neben Jürgens Kopf auf den Küchentisch. »Hier, Freunde, auf euch. Schön, euch wiederzusehen. Fühlt euch ganz wie zuhause.«

Dann holte ich noch drei Stühle aus dem Wintergarten und stellte sie mit an den Tisch. Herr Nguyen nahm Plastikfolie aus seinem Rucksack und legte sie über die Stühle seiner Familie. Anfangs dachte ich, sie würden ganz nach dem Vorbild von *Dexter* eine Art Massenhinrichtung planen oder obskure SM-Spiele vorbereiten, aber dann erzählten sie, dass es bei manchen Vietnamesen eine Marotte sei, alle möglichen Dinge mit Folie zu überziehen, um sie nicht zu beschmutzen. Das gehe teilweise so weit, dass einige sogar ihre Fernbedienung in der ursprünglichen Schutzhülle belassen, um sie von lästigen Fingerabdrücken zu verschonen. Wahrscheinlich nur eine Ausrede. Womöglich planten sie doch eine Hinrichtung. Na ja, das würde immerhin meine Geschenke-Tausch-Aktion vertuschen. Ich blickte Herr Nguyen hoffnungsvoll an. »Kennen Sie *Dexter?*«

Allmählich wurde es eng in der Küche. Aber ich freute mich. Meine beiden Weihnachtsfamilien vereint an einem Tisch.

Da rümpfte Oma die Nase. »Was riecht hier eigentlich so streng?«

Ich sah mich um. Ach du grüne Neune! Der Braten!!! Schwarzer Qualm. Rauchschwaden. Zu Hülf! Zu Hülf! Irgendwie hatte der Ofen Feuer gefangen.

»Womöglich hat Sören wieder an den Kabeln gespielt.«

Die Meute geriet in Panik.

»JÜRGEN! JÜRGEN!«

Ich schüttelte meinen Onkel so fest ich konnte. Langsam erwachte er aus seinem kurzzeitigen Koma.

»Jürgen, es brennt. Lösch das.«

»Brandmeister Jürgen. Allzeit bereit.«

Ich wusste, dass Jürgen vor zwanzig Jahren mal Mitglied bei der Freiwilligen Feuerwehr gewesen war, und hoffte, dass er mehr gegen das Feuer auszurichten vermochte als wir. Schlaftrunken stand er auf und kippte die restliche Gulaschsuppe in den Backofen. Toll. Das hätte ich auch noch hinbekommen. Von wegen Brandmeister. Am Arsch. Aber es schien geklappt zu haben. Das Feuer war erloschen. Zumindest im Ofen. Beim Löschversuch hatte sich Jürgen jedoch etwas zu weit nach vorne gebeugt und nun stand sein kompletter linker Hemdsärmel in Flammen. Jetzt wurde auch er langsam unruhig. Selbstlöschung hatte er damals scheinbar nicht gelernt.

Da kehrte Vater aus dem Badezimmer zurück. Ich würde ihn jetzt gerne als Held dastehen lassen, aber er fackelte nicht lange, nahm den Whisky vom Küchentisch und goss den gesamten Flascheninhalt über Jürgens Ärmel. Kluge Lösung – nicht. Nur gut gedacht. Aber »Gut gedacht« hatte auch mein Fußballtrainer immer zu mir gesagt, wenn ich den Ball mit der Pike in den Wuppertaler Nachthimmel schoss. Jürgen stand in Flammen. Ein apokalyptisches Bild. Was tun?

Da kam auch schon Oma. Die Bastion. Wenn jemand eine kluge Idee hatte, dann sie.

»Ihr müsst den Jürgen in den Teppich einwickeln.«

Also doch *Dexter*, dachte ich mir.

Tortilla-Jürgen. Den Spaß wollte ich mir nicht entgehen lassen. Gesagt, getan. Ich dachte zwar, so etwas klappt nur in schlechten Hollywood-Filmen, aber einige Sekunden später war das Feuer tatsächlich erloschen. Jürgen lebte. Er sah erschöpft aus, hatte einige Verbrennungen zweiten Grades am Arm und hechelte wie ein asthmatischer Ber-

ner Sennenhund, aber immerhin lebte er. Das war die Hauptsache. Glück gehabt.
Familie Nguyen hatte in der Zwischenzeit etwas Plastikfolie auf der Wohnzimmercouch verteilt und schaute dem Geschehen von dort aus interessiert zu. Sie applaudierten. Standing Ovations für Omas grandiosen Einfall. Und das auf ihre alten Tage.
Sören schien es mittlerweile auch besserzugehen. Er und Ni spielten mit meinem Stoffschimpansen und mit »spielen« meine ich, sie trampelten auf ihm herum und rissen ihm das Innenfutter aus der aufgeschlitzten Bauchhöhle. Von wegen Gott ist tot. Nietzsche ist tot. Es war zum Heulen. Hätte er nicht einfach den Glenmorangie auf ex trinken und sich würdevoll verabschieden können? Da revolutioniert der Mann die Philosophie und dann so ein Abgang! Schwach.
»Hier, für Sie.« Opa stand vor Herrn Nguyen und hielt ihm die Biographie von Gerhard Schröder unter die Nase. »Frohe Weihnachten.«
Herr Nguyen bedankte sich für das unerwartete Geschenk und machte einen höflichen Knicks. »Das wäre aber doch nicht nötig gewesen.«
»Kein Problem«, sagte Opa. »Schenken ist doch immer noch die größte Freude auf der Welt.« Dann schweifte sein Blick in Richtung Ni. »Und für dich finden wir bestimmt auch noch was Feines.«
Ni grinste.
»Jürgen, geb mir mal das Panzermagazin.«
Jürgen kam langsam zu Kräften und antwortete, ehe er über die möglichen Konsequenzen nachgedacht hatte. »Das heißt *gib.*«

Oma sah mich fragend an. Ich nickte. Sie sah zu Opa. Er nickte. Dann murmelten sie gemeinsam etwas vor sich hin. *In nomine patris et filii et spiritus sancti.* Noch ein letzter Blick zu Sören. Er nickte ebenfalls.

KKKKKRRRAAAWWWUMMMMM. Oma zog Jürgen den Teppich mit vollem Elan über den Schädel. Familie Nguyen erhob sich abermals von ihrem Platz. Wieder Standing Ovations. Oma machte das Spiel ihres Lebens, und Familie Nguyen durfte das Szenario hautnah erleben. Sogar Sören applaudierte. Dann kniete sich Opa vor Jürgen und legte ihm zwei Münzen auf die geschlossenen Augen.

»Wofür ist das?«, fragte Herr Nguyen.

»Damit er den Fährmann bezahlen kann. Charon. Er bringt ihn über den Acheron ins Reich der Unterwelt.«

»Ach so.«

Opa schaute wirklich zu viele Filme. Aber lustig war es trotzdem.

»Die Familie ist wie ein heiliges Band«, sagte er mit Pathos in der Stimme.

Das mit dem Band schien nicht für Jürgen zu gelten.

»Patrick«, sagte Opa, »trag ihn raus.«

»Aber er ist doch nicht richtig tot, oder?«

»Nein. Aber wir haben hier ein Ritual zu vollziehen.« Seine Stimme hatte etwas Bedrohliches.

Plötzlich stand Ni vor mir. »Du heißt Patrick?«

»Ja, genau.«

»Wie der von *SpongeBob?*«

Ich war genervt. »Ja, wie der von *SpongeBob.*«

»Haha.« Ni zeigte mit dem Finger auf mich und machte alberne Geräusche.

Ich liebe Kinder. Erst töten sie Nietzsche, und dann machen sie sich auch noch über mich lustig. Teufelsbrut. Egal. Ni mochte ich irgendwie. Ich konnte ihr nicht böse sein. Also setzte ich mich zu ihr und imitierte die dümmliche Stimme von Patrick Star. Sie war begeistert. Ich war ihr Held.

Dann sah sie mich an. »In meiner Klasse gibt es auch einen Patrick. Der ist auch dumm. So wie Patrick Star. Bist du auch dumm?«

»Ja, ja. Sehr lustig. Hier, es gibt auch schlaue Leute, die Patrick heißen.«

Ich nahm mein Handy und gab den Namen bei Google ein. Patrick Swayze, Patrick Süskind, Patrick Stewart, Patrick Star. Da kam mir die Idee für einen erstklassigen Krimi. Ein dümmlicher Seestern arbeitet als Tanzlehrer auf dem Raumschiff Enterprise, tötet die gesamte Crew und stellt dann aus den Leichen Parfüm her, das er wiederum … ach, egal. Ich notierte die Grundidee in mein Notizbuch.

»Was ist das?« Ni schaute mich verwirrt an.

»Ein Notizbuch. Da schreib ich Sachen rein. Ideen und so.«

»Also bist du doch dumm. Oder wieso kannst du dir das nicht einfach merken?«

»Grmpf.« So langsam machte sie mich aggressiv. »Komm, spiel wieder mit Sören. Und den kläglichen Überresten von Nietzsche, dem Affenphilosophen.«

»Nietzsche?«, fragte Ni. »So wie der Nihilist?«

»Woher weißt du, was ein Nihilist ist? Du bist fünf.«

»Keine Ahnung. Hab ich in einer Enzyklopädie gelesen.«

»Enzy… was?«

»Enzyklopädie. So wie ein Lexikon. Ich liebe Lexikons.«

»Das heißt *Lexika.*«

Jürgen schien tatsächlich noch zu leben. Er nahm sich die Münzen aus dem Gesicht, rieb sich die Augen und stand langsam auf.

»Der Plural von ›Lexikon‹ ist ›Lexika‹. Das kann man sich gut merken, indem …«

KKKKKRRRAAAWWWUMMMMM. Frau Nguyen hatte das Spiel verstanden.

»Hier.« Ich gab Ni zwei Münzen. »Für den Fährmann.«

»Kennt ihr Patrick Bateman?« Erwartungsvoll schaute ich mich um. Keine Antwort.

Meine echte Familie hatte den Raum mittlerweile verlassen. Nun, was soll ich sagen? Ich würde gerne von einem gemütlichen Essen im gewohnten Kreise erzählen. Harmonie, Gänsebraten, *Kevin allein zu Haus,* gemeinsam ein paar Lieder singen … Aber den restlichen Abend habe ich mit einem vietnamesischen Ehepaar, zwei Kleinkindern und einem ausgefransten Stoffschimpansen auf einer mit Plastikfolie überzogenen Couch gesessen und *American Psycho* geschaut. Es war wohl der schönste Heiligabend meines Lebens. Ich liebe Rituale.

Tomate-Mozzarella

Ich saß bei meinem Cousin Jochen und seiner Verlobten Dagmar am Esszimmertisch. Als ich nach einem kurzen Sekundenschlaf wieder aufwachte, lag etwas in meinen Händen.

Verwirrt sah ich hinunter. »Dagmar, was ist das?«

»Na, unser Kind.«

»Kann es was? Reden, zum Beispiel?«

»Nein, es ist doch erst zwei Monate alt.«

»Feuerspucken? Nein? Dann tu es weg. Ich mag ausschließlich eloquente oder besonders begabte Menschen.«

Dieses Kind konnte nichts. Ich finde, wenn ein Mensch schon nicht in der Lage ist, eine heterogene Konversation zu führen, dann soll er wenigstens in der Lage sein, Feuer zu spucken oder Einrad zu fahren. Ich möchte von meinem persönlichen Umfeld belustigt werden.

Neugierig sah ich mich nach meinem Nickerchen auf dem Küchentisch um. »Das ist aber innovativ, liebe Dagmar. Du hast ja die Tomate-Mozzarella-Platte wieder einmal ganz schön individuell dekoriert. Die überlappen sich ja gar am Tellerrand, diese kleinen Scheibchen. Mensch, und dieser Trüffel-Balsamico. Das ist bestimmt mit Abstand der teuerste, den die bei Penny so hatten.«

»Ja, du sagst es«, erwiderte Dagmar. »Ich dachte mir, dass ich für euch zwei mal was ganz Exklusives aus dem Hut zaubere. Und so eine Tomate-Mozzarella-Platte, das ist mal ganz was anderes.«

Stimmt. Hatte ich sicher schon seit gestern nicht mehr gegessen. Aber trotzdem freute ich mir tierisch einen Ast ab.
Ich erinnerte mich an einen Tag, es war der 21. Mai 2004, da gab es bei den beiden einmal keine Tomate-Mozzarella-Platte, weil Dagmar sich kurz zuvor ein Crème-brulée-Set gekauft hatte. Und das musste dann natürlich auch mal ausprobiert werden.
»So ein Crème-brulée-Set kauft man ja nicht jeden Tag«, sagte sie damals.
Da gab ich ihr recht. Ein formvollendetes mondänes Crème-brulée-Set, das kauft man tatsächlich nicht jeden Tag. Das würde man ja sonst mitbekommen. Man stelle sich da nur die Breaking News in den Nachrichten vor: »Meine Damen und Herren. Bevor wir nun zum Sport und der Wettervorhersage kommen, unterbreche ich für eine wichtige Eilmeldung. Die Wirtschaftskrise ist vorbei. Unsere Keramikindustrie steht vor Rekordumsätzen. Und wem haben wir es zu verdanken? Richtig. Dagmar. Deutschland hat eine neue Heldin.«
Jochen hatte sich im Übrigen selbständig gemacht. Vor nicht allzu langer Zeit hatte er eine Beraterfirma für irgendwas mit Medieneventkulturgedöns gegründet. So richtig mit staatlichem Zuschuss. Eine innovative Geschäftsidee, wie ich finde. Ganz schön kreativ, der Jochen.
»Das hat er bestimmt von dir«, flüsterte ich Dagmar zu. »Also, wenn ich so eine liebe Frau wie dich hätte, die solche originellen Mozzarella-Platten anrichtet, dann wäre aus mir wohl auch ein ganz hervorragender Medieneventkulturgedönsberater geworden.«
Da grinste sie verlegen. »Hihi, die Kreativität habe ich

von meiner Mutter geerbt. Außerdem bin ich ja Linkshänderin. Und die sind bekanntlich alle kreativ.«

»Stimmt«, sagte ich, »Linkshänder sind wirklich alle unwahrscheinlich kreativ. Meine Freundin ist ja ebenfalls Linkshänderin, und deswegen hat sie sich auch kürzlich bei Nanu-Nana ein Acrylfarbenset gekauft und besucht jetzt in der Volkshochschule einen Kurs namens *Originalgetreues Nachzeichnen von italienischen Cappuccinotassen-Motiven.*«

Überhaupt kann man so eine Küche mit italienischen Cappuccinotassen-Bildern ja ganz und gar ausgezeichnet dekorieren. Das sieht dann aus wie beim Italiener. Gut, dass die Italiener keine Imperialisten mehr sind. Das hätten die damals bestimmt ganz schön ausgenutzt, wenn sie gewusst hätten, dass sie die Hegemonialmachtstellung über die globale Küchendekoration für sich hätten einnehmen können. Auf dieses Druckmittel hätte Mussolini mal kommen sollen: »Entweder ihr tretet dem Faschismus bei, oder wir nehmen euch eure Cappuccinotassen-Bilder weg.«

Jochen prustete los. Ich sei ja so witzig. Wahrlich ein Meister der Metaphorik. Man merke deutlich, dass auch ich Linkshänder sei. Und immer so spontan. Ich würde immer einen Witz aus dem Ärmel schütteln.

Ich antwortete, dass das daher käme, weil früher alle Linkshänder aus der Klasse in die Clownsschule geschickt wurden. Und der Clown-Lehrmeister sei damals auf italienische Cappuccinotassen-Witze spezialisiert gewesen.

»Echt?«, fragte Jochen.

»Ja klar. Und wenn du nach einem Monat immer noch nicht witzig warst, wurde dir der linke Arm abgehackt, weil du dich dieses Körperteils nicht würdig erwiesen hast. Einfach so. Knallhart war das. Das waren wirklich strenge Systeme damals. Wenn du Pech hattest, wurdest du zwangsgerechthändet und musstest Finanzbuchhalter oder Investmentbanker werden. Einige hatten Glück und konnten Karriere in der Tomate-Mozzarella-Design-Akademie machen oder landeten beim Kabarett. Das waren wirklich andere Sitten damals.«

»Krass«, befand Jochen. »Wenn ich nicht wüsste, dass du so eine Spaßrakete bist, würde ich dir das jetzt glatt abkaufen.«

Flüchtig sah ich erneut auf die Tomate-Mozzarella-Platte und dachte, dass ich eigentlich beides für sich genommen schon scheiße fand. Zusammen wurden Tomaten und Mozzarellakäse aber leider auch nicht besser. Ich wollte zu einem Vergleich ausholen. Mir fiel aber keiner ein. Mir fielen nur Vergleiche ein, bei denen beides für sich noch ganz erträglich, zusammen aber halt total scheiße war. Beispielsweise: Jochen und Dagmar. Aber das wäre dann doch zu weit gegangen.

Angesichts dessen, dass mir witzige Einfälle zusehends schwerer fielen, erwog ich ernsthaft, ob es nicht an der Zeit sei, noch einmal die Clownsschule aufzusuchen. Man verlernt einfach mit den Jahren.

Da kam auch schon Dagmar aus der Küche. Es gab gedünstete Dorade. Jochen verkündete, dass er ja nicht so der Fischfreund sei. Sah man ihm gar nicht an. Fischfreund? Fisch soll man doch bloß essen und keine Gang mit ihm gründen. Stellte mir vor, wie Jochen mit einer riesigen Dorade auf der Couch sitzen und Fußball schauen würde. Dosenbier, Erdnussflips, Glückseligkeit. Das volle Programm. Dann schauen sie Mafiafilme und schließen heimlich Blutsbrüderschaft. Ein herrliches Bild. Best friends forever.

Aber ich schweife ab.

Stolz stellte Dagmar nach dem ersten Probieren fest: »Das schmeckt wie bei unserem Italiener.«

Bei *eurem* Italiener, dachte ich mir. Klar, den hast du in Florenz ausgebuddelt und ihn hierher verfrachtet, damit er deine Dorade mit Kräutern füllt.

Ich dachte zumindest, dass ich das nur gedacht hatte. In Wahrheit hatte ich es wohl ausgesprochen. Anders kann ich mir die entsetzten Gesichter nicht erklären. Wobei?

Ich kostete vom Fisch. Dagmar zog sich gerade eine Gräte zwischen den Zähnen hervor, als folgende Worte meinen Mund verließen: »Hmm! Ein kulinarischer Orgasmus.«

Ich war einer von ihnen geworden. Jetzt war es passiert. Erst reagiert man mit Verbitterung, und peu à peu assimiliert man sich. Ein kulinarischer Orgasmus! Ich hatte es wirklich gesagt. So ein Dreck. Ich griff nach dem Fischmesser, um mir unbemerkt das Leben zu nehmen. Ging aber nicht. War ja ein Fischmesser. Zum Glück merkten die beiden nichts von meinen Todessehnsüchten. Ich zitterte am ganzen Körper. Kein Wunder. Immerhin war ich mehr und mehr im Begriff, Mitglied dieser ganzen Fischfreund-Cappuccinotassen-Szene zu werden. Hilfe!

Inzwischen sitze ich daheim bei meiner Liebsten. Einen großen Bekanntenkreis haben wir nicht mehr. Bin ich denn wirklich so ein Arschloch geworden?

Heute kommen jedenfalls Frank und seine neue Freundin Birte zu Besuch. Die Frau ist mir zwar suspekt, aber immerhin hat er endlich mal eine abbekommen. Und nun sind sie unsere letzte Hoffnung. Ich werde mir Mühe geben. 17.00 Uhr. Gleich wird es klingeln. Hastig arrangiere ich die französische Käseplatte. Es gibt Weißwein dazu. Und Tessiner Feigensenf. Im Hintergrund läuft Edith Piaf. Ich denke, wir haben uns unsere Individualität weitestgehend bewahrt. Ich bin keiner von denen. Ich atme durch. Es klingelt. Das werden sie sein. Ein letzter Schachzug: Ich stecke ein Cocktailschirmchen in den Camembert.

Plötzlich sehe ich mein Spiegelbild im Cerankochfeld.

Ramme mir das Schirmchen in die Brust. Es wird ein langsamer Tod.

Das Kohlenhydrat-Gesicht

Veränderungen sind wichtig. Manchmal muss man ein Einsehen haben, über seinen Schatten springen und seine alten, staubigen Prinzipien und Weltanschauungen über Bord werfen. Einfach weil man selbst weiß: Ich hab Mist gebaut. Ich muss was ändern. Mit anderen Worten: Die Frau sagte, ich solle abnehmen. Ich rede mir zwar immer ein, dass ich zuhause die Hosen anhabe, aber letztlich ist da nicht mehr viel mit Hose. Wir seien halt verschieden, sagte sie. »Ich bin ich. Und du bist ein Idiot.«

Nun gut, dachte ich mir. Daran soll es nicht scheitern. Auf Diskussionen oder langes Gerede habe ich generell keine Lust. Stress ist nicht mein Ding. Ich bin ein einfacher Mann mit schlichten Interessen. Ich gehe gerne lecker essen, sitze gerne am Abend mit meinem Bier in der Kneipe und rauche gerne gemütlich eine Zigarette. Ich verbringe den halben Tag im Sitzen und liebe es zu schlafen. Zusammengefasst beschränken sich meine Vorlieben auf: essen, trinken, sitzen, schlafen. Das ist also das Ergebnis von Millionen Jahren Evolutionsgeschichte. Wie gut, dass ich kein Affe bin.

Jedenfalls lässt sich nicht leugnen, dass ich kontinuierlich an Umfang zunehme. Ein schleichender Prozess. Die Wampe wächst. Die Plauze sprießt. Der Wanst tanzt. Meine Freunde sagen ja immer: »Damit das Herzlein tanzt und lacht, gib gut auf dein Fässchen acht.« Das sind alles schlaue Männer, rede ich mir immer ein. Glückliche

und zufriedene Menschen mit tanzendem Herzen und wuchtiger Wampe. Meine Freundin wiederum hält lyrisch dagegen: »Weg die Plauze, sonst auf Schnauze.«
Zunächst einmal dachte ich, wo sie recht hat, hat sie recht – innerlich rief ich allerdings: Zu Hülf! Zu Hülf! Aber trotz aller Bedenken stand fest – ich musste was ändern. Laufen also. *MWW. Mission Wampe weg.* Als Motivationshilfe bekam ich zum Geburtstag einen Pulsmesser und einen Kilometerzähler geschenkt. Was habe ich nur für ein schönes Leben.
»Und jetzt tu mal was«, sagte sie.
So stand ich wenig später in einem albernen mausgrauen Baumwollanzug vor der Haustüre und sah auf meine viel zu großen albernen Joggingschuhe, die aussahen, als wolle ich gegen die *Transformers* in den Krieg ziehen. Ich verrichtete die ersten Schritte in normalem Gehtempo, als ich an unserer Eckkneipe vorbeikam. Oh weh! Ich armer Mann. Durch das offene Fenster sah ich die Jungs. Sie saßen an unserem gewohnten Platz, hauten entweder ihre Stirn auf die Tischplatte oder schütteten sich Bier über die Köpfe. Alles war wie immer. Gott, hab sie selig. Sie frohlockten, grunzten und quiekten wie die Schweinchen und diskutierten kritisch und kontrovers über wichtige philosophische Themen wie: Wenn ein Butterbrot immer auf die Butterseite fällt und eine Katze immer auf den Füßen landet, was passiert, wenn man ein Butterbrot auf eine Katze bindet und beides aus dem dritten Stockwerk wirft? Katze. Das war mein Stichwort. Die Nachbarskatze. Ein altes garstiges Tier. Der Teufel persönlich. Mephisto – der war doch auch eine Katze. Oder ein Pudel? Aber war ja fast das Gleiche und für mein Vorhaben ohnehin irrelevant.

Ich nahm Kilometerzähler und Pulsmesser, band der Katze den Kilometerzähler an die Pfoten, den Pulsmesser an den Hals. Dann dachte ich kurz an die Butterbrot-Geschichte, sah aber, Gott sei Dank, noch rechtzeitig ein, dass das eine Nummer zu weit gegangen wäre und allein der Gedanke abscheulich und tierverachtend zugleich war. Zu guter Letzt trat ich dem Ding also mit voller Wucht mit meinen *Transformers*-Joggingschuhen auf den Schwanz, und es ging ab wie ein geölter Blitz. Nein, wirklich. Das mit dem Butterbrot wäre ganz eindeutig zu weit gegangen. Ich ging in die Kneipe, setzte mich zu den Jungs und sagte: »Wenn man eine Katze mit einem auf den Rücken gebundenen Butterbrot aus dem dritten Stock wirft, dann landet die Katze auf den Pfoten. Denn, und jetzt haltet euch fest, die Katze ist größer und schwerer. Und da habe ich lange drüber nachgedacht.«
Nachdem wird dann ca. zwei Stunden beisammengesessen hatten, sah ich kurz auf die Straße. Da war sie wieder. Die Nachbarskatze. Schnaufend und am Ende ihrer Kräfte lag sie im Regen vor der Haustüre und zitterte vor Kälte. Ha. Jetzt wollen wir doch mal sehen. Ich ging hinaus, trottete gemütlich zu ihr hin, schaute auf mein elektronisches Messgerät und konstatierte: saubere Leistung. Hundertzwanzig Kilometer in zwei Stunden. Puls: dreihundertachtzig. Damit kann man leben. Ein stolzer Wert. Sah nach getaner Arbeit aus. Doch halt. Obacht. Damit der Schwindel nicht aufflog, musste da noch was kommen. Ich ging erneut in die Kneipe, schüttete mir einen halben Liter Hefeweizen über den Kopf, sah in den Spiegel und stellte fest: Ich bin ein fleißiger, sportlicher, schwitzender Mann.

Ich schlenderte den kurzen Weg nach Hause, klingelte an unserer Haustüre, blickte die Frau an und sagte: »Puh. Hätte ich nicht gedacht. Macht mehr Spaß, als man meint. Aber jetzt bin ich reif für die Kiste.« Ich sah an ihrem Blick das Ausmaß ihrer Wertschätzung. Anerkennung und Stolz glitzerten wie funkelnde Kristalle in ihren Pupillen. Im Laufe des Abends bekam ich eine prächtige Mahlzeit serviert. Ich wurde massiert, durfte über das Fernsehprogramm entscheiden und genoss das Ansehen eines starken, fleißigen Arbeiters. Fühlte mich wie ein Jäger, der dem holden Weiblein im finsteren Wald ein Reh geschossen hatte und anschließend in den warmen Schoß der Geborgenheit fliehen durfte. Kurz gesagt: Die Lage hatte sich entspannt.
Am nächsten Abend machte ich mich erneut auf. Anreize hatte ich ja zu Genüge. Doch quel malheur. Mit Entsetzen musste ich feststellen: Die Katze war weg. Was war bloß passiert?
Ich marschierte schnurstracks in die Kneipe. »Jungs, wisst ihr, wo die Katze ist?«
»Ach, Salmen. Blöde Geschichte. Die Nummer mit dem Butterbrot. Da haben wir nochmal drüber nachgedacht. Schien ja anfangs schlüssig, was du so gesagt hast, aber dann fiel uns ein, dass Willis alte Frau Mutter ganz schön mächtige, herzhafte Brote schmiert. Da ist mehr Butter drauf, als du dir vorstellen kannst. Jedenfalls, wir haben's probiert. Die Katze hat den Sprung zwar überlebt, ist aber dann an der zentnerschweren Last des Brotes zusammengebrochen und wurde auf der Stelle zerquetscht. Konnte ja keiner ahnen.«
»Um Himmels willen! Wollt ihr mich etwa verhohnepipeln?«

»Was für People?«

»Na, verhohnepipeln! Ich verhohnepipele, du verhohnepipelst, er/sie/es verhohnepipelt. Wollt ihr mich eigentlich verarschen, ihr grausamen Mörder!? Tierquäler. Halunken. Barbaren. Der Himmel möge euch auf den Kopf fallen. Ich habe das Tier geliebt. Ich war wie eine liebende Mutter zu ihm. Ich gehe jetzt. Und wenn ich sage, ich gehe jetzt, dann meine ich, jetzt, wo ich gerade hier bin, setzte ich mich kurz noch hin, trink ein, zwei Bier mit euch, wir spielen 'ne Runde *Mau-Mau*, aber dann geh ich. Denn ich bin sauer. Ach, was sage ich, ich bin nicht sauer, ich bin enttäuscht. Auch menschlich. Gerade menschlich. Was mach ich denn jetzt? Laufen soll ich. Abnehmen.«

»Ja, und? Könnte dir nicht schaden.«

Diese Halunken.

»Wie? Ihr lauft doch auch nicht.«

»Doch. Doch. Nachts. So was macht man heimlich. Wir waren nur zu stolz, es zuzugeben. Unter Männern redet man über so etwas nicht. Hier, versuch das mal. Ein gutes Buch. David Kirsch. Der Fitness-Guru aus New York. Stehen wichtige Dinge drin. *Sound Mind, Sound Body.*«

»Leckt mich doch am Arsch. Auf nix ist hier mehr Verlass. Hau ab mit dem Unfug. Und wenn ich sage, hau ab mit dem Unfug, meine ich, gib mir bloß das Buch. Ich werde es mal lesen. Aber hau mir generell bloß ab mit so 'nem Unfug.«

Zuhause angekommen, öffnete ich den Deckel und begann die ersten Zeilen zu lesen. Das Buch beginnt mit folgenden Worten:

»Vertrag über eine grundlegende Fitnessveränderung – Ich, __________ (Name) verspreche, mein Bestes zu geben, um Davids SOUND MIND, SOUND BODY-Programm zu befolgen. Wenn ich trotz aller ehrlichen Bemühungen Rückschläge erleide, werde ich mich nicht schuldig fühlen, weil ich mein Bestes gegeben habe. Ich werde einfach mit neuem Eifer mit dem Programm weitermachen. ____________ (Unterschrift)«

Das mit dem Duzen hört mir direkt mal auf, mein Freund. Also so was. Für dich immer noch Herr Salmen, du Penner. Diese vermaledeite moderne H&M- und IKEA-Umgangsphilosophie, frei nach dem Motto: Ich duze alles und jeden, auch meinen Vorgesetzen und den neunzigjährigen Kunden an der Kasse. Und überhaupt. Was soll das? Vertrag?
Ein weiterer Auszug aus der Einleitung des Buches *Sound Mind, Sound Body* von David Kirsch (und das stimmt leider wirklich):
»Eine meiner Klientinnen drückte es so aus: Wenn andere mich sehen, sagen sie mir, dass ich etwas ausstrahle – eine gesunde, positive Energie. Ich nenne dies gern das Sound Face, das gesunde Gesicht. Es gibt aber auch noch andere Gesichter. Zwei bemerkenswerte Beispiele sind das Kohlenhydrat-Gesicht und das Null-Kohlenhydrat-Gesicht.«
Oha, dachte ich mir. Vielleicht schicke ich dem guten Herrn Kirsch mal einen Auszug aus dem Buch *Leck mich am Arsch* von Patrick Salmen. Dort heißt es: »Wenn andere mich sehen, sagen sie mir, dass ich etwas ausstrahle. Ich nenne dies gern das Lebemann-Gesicht. Es gibt aber auch noch andere Gesichter, zum einen das Fettgesicht und das

Nicht-Gesicht.« Lieber Kirsch, du bist mir auch so ein Kohlenhydrat-Gesicht.

Ich blätterte weiter in *Sound Mind, Sound Body.* Motivationshilfen, Ernährungstipps, Muskeltraining, Dehnübungen. Auf dem Bild war eine Frau (ich glaube, es war Heidi Klum) zu sehen, die im Schneidersitz auf dem Boden saß und mit den Händen ihre Knie berührte. Teufelszeug. Das ist ja für Schlangenmenschen geschrieben. Ich will doch nur abnehmen und mich nicht für den Zirkus Roncalli als Kontorsionist bewerben. Aber gut. Probieren konnte ich es ja mal. Und siehe da, es tat zwar weh, und mein Gesicht sah während der Übung so aus, als würde ich einen tonnenschweren, mit japanischen Sumoringern vollbesetzten Reisebus hinter mir herziehen, aber es funktionierte tatsächlich. Bestens. Einen Schneidersitz bekam ich ohne weiteres hin. Na gut, das wäre jetzt etwas übertrieben. Ich kam mit dem rechten Fuß nur bis kurz vor die Wade und musste dann mit Schnappatmung und 'nem Ruhepuls von zweihundert abbrechen. Aber schön wäre es gewesen.

»Und, Schatz? Wie kommst du voran?«, rief meine Frau. Meinem jämmerlichen Zustand entnahm sie anscheinend, dass sich aus 'nem Nilpferd nicht mal eben so ein Wellensittich machen ließ.

»Nimm dir mal ein Beispiel an Jochen.«

Jochen. Meine Hassfigur. Diese Sorte Mensch, von der man immer zumindest einen im erweiterten Bekanntenkreis hat. Familienvater/Businessmann/Sonntagsjogger. Rasierte Beine. Hautenge Radlerhosen, in denen sich sein prächtiges Gehänge auf eine eklig-penetrante Art abzeichnet. Hinzu kommen ein glühend rotes Gesicht und ein Grinsen in der Fresse, das dem des dummen Balgs auf der Kinderschokolade entspricht. Jochen sieht immer aus wie diese aerodynamischen pseudoprofessionellen Läufer, die man sonntagsmorgens mit ihrem Golden Retriever und diesen angeschnallten Sportlernuckelflaschen sichtet und die auch bei Tageslicht mit Reflektoren an ihrem Körper herumlaufen, damit man sie bloß nicht übersieht. Die mit diesen ehrgeizigen, verkrampften Blicken. Aber gut. Jedem sein Hobby.

Aber nun zum in wenigen Worten zusammengefassten Ende dieser Geschichte: Ich hab schließlich noch einen alten, verwahrlosten Kater im Tierheim aufgegabelt. Man kann jetzt den moralischen Zeigefinger heben und sagen, mein lieber Herr, das geht doch nicht. Muss man aber nicht. Ich mein, das Tier hat Glück gehabt. Es hat jetzt ein Dach über dem Kopf und wohnt bei Willi in der Kneipe. An den täglichen Sprint hat es sich mittlerweile auch gewöhnt. Ich habe den Kater im allgemeinen Einverständnis »Jochen« getauft. Außerdem hab ich ein ernstes Wort mit den Jungs geredet. Die Butterbrot-Nummer sei jetzt mal dahingestellt, aber was mich ernsthaft interessieren würde, ist Folgendes: Wenn eine Katze sieben Leben hat und ein Nilpferd nur eins. Was passiert, wenn man vierzehn halbe Katzen an ein Nilpferd bindet und sie dann von … Aber darauf kommen wir ein anderes Mal zu sprechen. Oder auch nicht.

Euphorie! Euphorie!

Neulich waren wir in Paris, total irre«, sagte Birte, »und danach in Korsika. Das Schöne an Korsika ist ja, dass es da Berge *und* Wasser gibt. Da kann er wandern gehen, und ich kann am Strand liegen und einfach mal nichts tun …«

Wo ist der Unterschied zu sonst, dachte ich mir. Du faule Sau, tust doch nie was. Aber das Geheimnis einer Ehe liegt anscheinend darin, dass man sich nicht sieht.

Als Birte und Frank zusammenzogen, sagte sie, sie bräuchten unbedingt separate Räume, damit sich jeder zurückziehen kann.

Kann ich nicht nachvollziehen. Also, wenn ich mich zurückziehen will, geh ich entweder in die Kneipe oder aufs Klo. Wobei da die Grenzen fließend sind. Mein Klo hat eine Minibar, einen Zeitungsständer und direkt an der Badezimmertür ein Panoramaposter mit Meerblick. Also quasi das Korsika des kleinen Mannes.

»Wir haben auch ganz viele Fotos gemacht. Er hat ja jetzt eine neue Digitalkamera – Spiegelreflex, so richtig teuer.«

»Aha«, antworte ich.

Spiegelreflex kenn ich. Morgens steh ich auf, schaue in den Spiegel und merke: Ach du Scheiße, nee, das wird heut eh nichts. Dann lege ich mich wieder hin. Ist der sogenannte Spiegelreflex …

»Aber erzähl mal, was habt ihr denn so gesehen?«

»Wissen wir noch nicht. Haben die SD-Karte noch nicht

eingelesen. Aber gleich morgen zeigen wir dir die Fotos, versprochen.«

Ich weiß gar nicht, wohin mit meiner Euphorie. Frohlocket, Frohlocket. Seit Birte *Das perfekte Dinner* im Fernsehen sieht, gibt sie sich immer total Mühe mit allem. Bärlauchpesto. Euphorie, Euphorie. Ich selbst habe übrigens auch mal bei *Das perfekte Dinner* teilgenommen. Hab unverständlicherweise nicht so gut abgeschnitten, dabei habe ich extra Butterbrote gemacht und die guten Frühstücksbrettchen rausgeholt. Also gut, »Butterbrot« wäre jetzt übertrieben, denn Butter hatte ich gerade nicht da. Aber es gab meterhoch Teewurst auf die Stulle. Ich war wirklich gut. Die haben geklingelt, ich hab aufgemacht. »Hallo«, habe ich freundlich gesagt. »Jetzt bitte futtern und Fresse halten. Und wenn einer an die Schränke gehen sollte, ist hier aber Kirmes im Gesicht.« Habe dann insgesamt drei Punkte bekommen. Versteh mir einer die Welt.

Jedenfalls saßen hier mein ehemaliger Mitbewohner Frank und seine Birte, das frischvermählte Pärchen. Gott hab sie selig. Und ich hatte nun die Ehre, in den Genuss einer dreistündigen Fotovorführung zu kommen. Okay, »Vorführung« wird dem Ereignis nicht gerecht. Sagen wir besser, es war eine Inszenierung. Eine Gala. Eine Windows-Diashow mit dem Titel *Impressionen.* Aber es war natürlich keine normale Diashow, sondern eine für die ganz Kreativen mit Überlappeffekt: Bild kommt von rechts und knockt das andere weg. Mit Mosaikeffekt: Bild zerspringt in tausend Teile und formiert sich zu einem neuen. Während Birte in ihrem Bärlauchpesto rumpulte, wünschte ich mir, dass man diesen Mosaikeffekt auch bei echten Menschen anwenden könnte.

Und da war es schon, das erste Bild: der Eiffelturm. Ah, so sah der nochmal aus. Oh Gott, wie schön, dachte ich mir. Ich würde jeden Tag vergessen, wie der Eiffelturm aussieht, wenn ihn nicht irgendwelche Deppen andauernd fotografieren würden. Jeden Morgen wache ich auf und frage mich: Wie sieht denn noch gleich der Eiffelturm aus?
Unmittelbar danach das zweite Bild: der Eiffelturm. Diesmal von einem Meter weiter vorne geknipst. Ich frage mich, was in den Köpfen solcher Menschen vorgeht, wenn sie ihre Kameras in den Händen halten? »Frank, da is' er. Dat glaubt uns doch keiner. Dat muss'e festhalten.«
Das ganze Spektakel hatten die beiden natürlich mit Musik unterlegt. *Ibiza-Trance-Compilation Vol. 8.* Herrgott noch eins.
Wohin nur mit all diesen kreativen Menschen? Menschen, die im Drogeriemarkt Fotobücher erstellen lassen und dann die Bilder lustig untertiteln: Ich und Schatz. Ich und Schatz am Strand. Ich und Schatz auf den Klippen. Ich und Schatz im Hotel. Schatz und der Surflehrer. Schatz und der Surflehrer auf dem Surfbrett. Schatz und der Surflehrer auf dem … oh! … Ich auf den Klippen.
Nun saß ich also hier. Was hab ich nur für ein schönes Leben. Alleine mit meinem Schicksal und meinem Hass auf diese beiden Nasen. Ich hab ja nichts gegen Fortschritt, aber warum braucht jeder Mensch heutzutage eine Spiegelreflexkamera, nur damit er dann die Funktion *automatisch* einstellt und die Bilder später in Photoshop bearbeitet? In Schwarz-Weiß. Mit hohem Farbkontrast. Und dann laden sie diese Fotos in Formaten wie *flickr* hoch und kommentieren, was das Zeug hält.
»Schöne Reduktion. Schön, schön, schön. Diese Perspek-

tive. Wow, dieser Kirchturm, so schön von unten fotografiert.«

Ja, von wo sonst? Soll er sich mit seinem fetten Arsch auf die Spitze setzen, oder was? Wohin nur mit all diesen kreativen Menschen? Jeder ist heute kreativ. Wohin soll das führen? Bald fängt sogar die Kassiererin im Supermarkt damit an: »Ach komm, heute räum ich das Klopapier direkt neben die Gulaschsuppe. Einfach, weil ich mich mal ausleben möchte.«

Wir brauchen Struktur. Ich geh auch nicht her und mache meine Steuererklärung selbst. Denn ich weiß genau: Kann ich nicht, mach ich nicht. Oder Druckerpatronen wechseln: Mach ich nicht. Nehm stattdessen den alten Drucker, schmeiße ihn weg, kauf mir einen neuen. Fertig.

Wir brauchen unkreative Menschen. Stellen Sie sich mal vor, Sie sind Arzt und fangen an, Ihre kreative Ader auszuleben: »Ich habe Ihr altes Herz durch eine abstrakte Installation namens *Enfant de l'Hiver II* ersetzt. Sie können nun nicht mehr weiterleben, aber die gute Nachricht ist, Sie sind Kunst, alter Sportsfreund.«

Oder ein Bauarbeiter kommt auf ähnliche Gedanken: »Das Haus ist fertig, Ihnen fehlen nur noch die Fenster und zwei tragende Wände, dafür hab ich aber ein Polaroid an die Tür geklebt und einen schwedischen Violinisten in den Keller gestellt, der zu elektronischer Musik eine Human Performance aufführt.«

Natürlich war die Gaudi noch nicht vorbei, und ich kam in den Genuss, noch viele weitere Bilder begutachten zu dürfen. Das dritte Bild: der Eiffelturm. Im Hintergrund die Sonne. Birte steht davor und tut so, als würde sie die Sonne in ihrer Hand halten. Ich stand auf und tötete alle.

Natürlich habe ich niemanden umgebracht. Aber das Ende finde ich knorke. Wenn man nicht mehr weiterweiß, einfach alle töten. Solide Lösung. Didaktisch fragwürdig. Man hätte die Literatur dieser Welt radikal kürzen können. Harry Potter: zwei Seiten. Einleitung. Zack. Alle tot. Pointen und Fazits werden sowieso überbewertet. Wäre übrigens ein schöner Schlusssatz für Diplomarbeiten: »Ich stand auf und tötete alle.« Wer sich traut und mir ein Beweisfoto schickt, bekommt einen Schnaps auf der nächsten Lesung. Ehrlich. Oder einen Katzenkalender.

Senseo – die Ästhetik des Verfalls

So langsam sollte es sich rumgesprochen haben. Also, langfristig ist hier doch nicht mehr so viel herauszuholen aus diesem Konstrukt namens Leben. Ich mein, die Pole schmelzen, die Temperatur steigt, das Ozonloch wächst. Flora und Fauna neigen leise ihre Köpfe. Wir bekämpfen vergeblich Armut, Völkermorde, Klimakriege. Und dann gibt es da ja auch noch *Senseo.* Angesichts der Tatsache, dass die Welt ohnehin zugrunde geht, liegt mir viel daran, es mir zumindest zuhause nochmal richtig gemütlich zu machen. Kaffee, Kuscheldecke, klassische Musik und ein gutes Buch. Schon seltsam, dass so viele Leute immer sagen, sie würden gerade ein gutes Buch lesen. Also, ich persönlich geh ja immer zum Antiquar meines Vertrauens und bitte ihn, mir etwas Passendes herauszusuchen.

»Guter Mann, geben Sie mir bitte den grottigsten Dreck, der hier so rumsteht.«

»Wie wäre es denn mit *Ohne dich ist alles doof*? Ganz viele süße kleine Schafillustrationen mit subtilen Querverweisen darauf, was ohne den jeweils anderen alles doof ist. Sonne: doof. Schmetterling: doof. Krabbelkäfer: doof.«

»Ja, bitte. Unbedingt sogar. Für so etwas gebe ich doch gerne Geld aus.«

»Möchten Sie es als Geschenk eingepackt haben?«

»Nein, das lese ich selbst. Ich finde so etwas sehr knuffig.«

Ich verschenke doch nichts! Von anderen bekomme ich außerdem immer nur Unfug geschenkt. Dabei würde ich so gerne mal *Senseo*-Kaffee trinken. Eine Padsystem-Kaffeemaschine wäre doch ein prima Geburtstagsgeschenk für mich. Wie oft habe ich meinen Freunden gesagt: »Mensch, Leute. Ich würde sooo gerne mal einen *Senseo*-Kaffee trinken.« Alle meine Bekannten verfügen über *Senseo*-Maschinen. Und Wischtechnik in der Küche. Wischtechnik! Mediterranes Ambiente. Die Wände sind dann aber meist weder gelb noch braun, sondern ockerfarben, wie sie stets betonen. Nur Nuancen. Ganz dezent. Wirkt dann gleich viel wärmer, so eine Wohnung.

Schon klar. Wärmer. Das mit Stalingrad wäre also nie passiert, wenn die beim Militär mit Wischtechnik gearbeitet hätten. Wie oft sitze ich an kalten Wintertagen zuhause und denke, wie schön, dass ich so eine warme Tapete habe. Letzten Winter habe ich einem frierenden Obdachlosen ein Stück meiner Rauhfasertapete geschenkt. In solch glückliche Augen habe ich zuvor noch nie geblickt.

Ich will es doch nur gemütlich haben in meinen vier Wänden. Mit Nussholzparkett und Korbstühlen. Selbst wenn ich der letzte Mensch auf Erden wäre und mir das Wasser bis zum Hals stünde, dann würde ich immerhin in einem cremefarbenen Korbstuhl sitzen und die Geschichte mit den Schäfchen lesen. Sublimation des Todes. So und nicht anders.

Alte Leute wissen ja zumeist viel besser, wie man mit Verfall und Vergänglichkeit umgeht. So eine typische Oma, zum Beispiel. Da runzelt irgendwann der ganze Körper vor sich hin, aber einmal die Woche zum Friseur und zur

Fußpflege, das würde sie sich nie nehmen lassen. Wenn man so einer Oma auch viel vorwerfen kann, dann nicht, dass die keine schönen Füße hätte. Da kannst du zwar mit den Hautlappen feucht durch den Flur wischen, aber wenn du als Maulwurf unter der Erde hervorlugst, denkst du auch: Mensch, was sind das bloß für wundervoll gepflegte Füße.

Ich finde es großartig, wie alte Menschen sich kleiden. Zurück zum Ursprung. Zur Natur. Zur Schöpfung. Alte Herren in Erdtönen tragen Hut, und ältere Damen tragen diese schönen graumelierten Kurzhaardauerwellen. Und wenn der liebe Gott nach zigtausend Jahren mal wieder von oben herunterschaut, erwartet ihn ein überraschendes Bild, und er denkt: Och, Pilze und Pusteblumen. Hat sich ja nicht so viel getan. So kann die Welt doch zugrunde gehen.

Welch schönes poetisches Bild.

Ästhetik des Verfalls. Abgang mit Stil. Wir müssen lernen, unsere Morbidität anzunehmen und unser Scheitern bewusster zu inszenieren. Und ich denke, *Senseo* ist da der richtige Weg. Ich glaube, ich könnte wesentlich zufriedener sein, wenn ich so ein Gerät besäße. Schade nur, dass dieses Zeug so richtig scheiße schmeckt. Aber darum geht's bei *Senseo* nicht. *Senseo* ist mehr. *Senseo* ist das, was bei den Nazis früher der Volksempfänger war – eigentlich der größte Unfug, aber irgendwie ist es ohne auch doof. Und deswegen will ich mir eine schenken lassen. So etwas kauft man schließlich nicht selbst, das wäre ja geradezu peinlich. *Senseo* lebt von der Geschenkidee.

Was könnten wir bloß dem Salmen schenken? Hmm, fünf Jahre nicht gelacht, der Gute, oder zumindest mal an der frischen Luft gewesen. Zudem acht Jahre nicht gevögelt. Der bekommt 'ne Senseo.

Stattdessen schenken mir meine Freunde nur Mist. Irgendwelche Bücher mit Titeln wie *Weißt Du eigentlich, wie lieb ich Dich hab?*. Ja, ja, bis zum Mond und zurück. Immer einmal mehr als unendlich. Ich will 'ne *Senseo*, verdammt noch eins. Keine *Moleskine*-Notizbücher, keine Romane, keine gravierten Kugelschreiber, ich will 'ne S*enseo.* Und dann würde ich sie mir in die Küche stellen. Gleich vor meine Wischtechniktapete und neben die Lavalampe. Und nachdem ich mein Kaminfeuer angeschnipst hätte, würde ich mich in meinen Korbstuhl fallen lassen und den Abend ausklingen lassen, indem ich dem menschlichen Dasein auf Erden bei einer Tasse Kaffee gedenke. Och, was ist das schön zuhause.

Wenn Sie Ihrem Leben hin und wieder ein wenig mehr Dramatik verleihen möchten, empfehle ich den subtilen Einbau von Filmzitaten im Alltag. Aber Obacht. Denn dies könnte bei Ihren Mitmenschen leider zu Enttäuschungen führen.

Taxifahrer: »Wohin geht's, Kollege.«
Ich: »Folgen Sie diesem Wagen.«
Taxifahrer: »Echt jetzt? Geil.«
Ich: »Leider nicht. Muss nur nach Hause.«
Taxifahrer: »Verdammt. Ich hasse mein Leben.«

Hugh Grant, der auf Seekühe starrt

Einst hatte es die Sehkuh schwer,
sie fühlte sich so sekundär.

Im Leben gerät man immer mal wieder in Situationen, in denen es kluger Methoden bedarf, um sich galant aus der Affäre zu ziehen. Ich spreche da aus Erfahrung. Die etablierten Maßnahmen lauten: dreist sein oder Verwirrung stiften. Beginnen wir mit letzterem. Ich erinnere mich vage daran, wie mich im Jahr 1999 nach einer unerlaubten Silvesterparty im Haus meiner Eltern ein furchtbar schlechtes Gewissen überkam, weshalb ich alles so dermaßen gründlich reinigte, dass man anschließend hätte vom Boden essen können. Ganze zehn Jahre vergingen, ehe meine Mutter dann doch noch auf Überreste besagter Nacht stieß und verkohlte Bockwürstchen im Deckenfluter fand.

Mutter: »Junge, wie kommt die Wurst in den Deckenfluter?«

Ich: »Mutter, ich weiß es nicht.«

Mutter: »Junge, das kannst du deinem Vater erzählen.«

Ich: »Vater, da liegt eine Wurst in dem Deckenfluter.«

Vater: »Was?«

Ich: »Mutter?«

Mutter: »Deckenfluter.«

Vater: »Wo?«

Mutter: »Vater.«

Ich: »Bockwurst.«
Vater: »Scheiße.«
Mutter: »Was?«
Ich: »Ah!«
Wenn ich eines in meiner Jugend gelernt habe, dann war das, im Falle einer argumentativen Notlage einfach für Verwirrung zu sorgen. Führt zu keinem Ergebnis, aber man ist vorerst fein raus.
Die Dreisten gewinnen. Beispiel: Kleinkriminalität. In der seriösen Wissenschaftssendung *Galileo* sah ich mal, wie die Metalldetektoren in Elektronik-Kaufhäusern überlistet werden können, indem man die zu stehlen beabsichtigte Ware vorher in Alufolie einwickelt. Inzwischen kann ich aus Erfahrung sagen: Funktioniert bei DVDs. Bei Kühlschränken – schwierig.
Detektiv: »Was machen Sie da?«
Ich: »Nichts. Ich laufe hier nur so rum.«
Detektiv: »Und warum pfeifen Sie so auffällig unauffällig?«
Ich: »Mir steht's gar fröhlich ums Gemüt.«
Detektiv: »Ach so. Und warum tragen Sie einen in Aluminiumfolie eingewickelten Kühlschrank auf dem Rücken?«
Ich: »Gute Frage. Stangenspargel.«
Detektiv: »Stangenspargel?«
Ich: »Wollte ich nur mal erwähnt haben.«
Detektiv: »Warum tragen Sie einen in Alu…«
Ich: »Wussten Sie, dass ich damals immer absichtlich einen Staudensellerie spazieren trug, wenn ich durch mein Viertel flanierte? Der lugte dann immer so ganz frech aus dem Stoffbeutel. Und die Damen dachten dann bestimmt:

Oha, der Salmen. Hat wieder Staudensellerie gekauft. Bestimmt ein Gott an der Herdplatte. Den sollte ich mir mal zum Kaffee einladen. Das ist übrigens die reinste Marktlücke. Man sollte Stoffbeutel herstellen, in denen eine Art Staudensellerieattrappe integriert ist. Ein schönes Wort, im Übrigen: Staudensellerieattrappe. Aber ginge wohl auch mit Stangenspargel. Apropos Spargel. Nie leg Raps neben Spargel ein.«
Detektiv: »Häh!?«
Ich: »Nie leg Raps neben Spargel ein. Ein klassisches Palindrom. Kann man vor- und rückwärts lesen. Vitaler Nebel mit Sinn ist im Leben relativ. Kennen Sie auch eins?«
Detektiv: »Otto.«
Ich: »Sie sind ja ein Genie! Wahrlich. Hochbegabte wie Sie sollten nicht als Kaufhausdetektiv arbeiten müssen. Sie gehören in die Wissenschaft. Wissen Sie, was lustig wäre? Stellen Sie sich mal vor, Sie würden daheim Seekühe züchten und eine davon Rity nennen.«
Detektiv: »Was ist daran bitte lustig?«
Ich: »Na, das wäre dann die Seekuh-Rity. So wie ›Security‹. Finden Sie das etwa nicht witzig?«
Detektiv: »Nein.«
Ich: »Das liegt vermutlich an Ihrer Hochbegabung. Mein flacher Humor ist nichts für Sie.«
Detektiv: »Wie nett von Ihnen, danke. Aber darf ich Sie was fragen?«
Ich: »Sehr gerne.«
Detektiv: »Warum tragen Sie einen in Aluminiumfolie eingewickelten Kühlschrank auf Ihrem Rücken?«
Ich: »Verdammt, Sie sind gut. Na gut, ich wollte nur, dass ich Ihnen auffalle. Sie sind ein hübscher Mann.«

Detektiv: »Sind sie schwul?«
Ich: »Stockschwul. Wie wäre es? Wir beide? Ein Film mit Hugh Grant.«
Detektiv: »Deal.«
Ich: »Verdammt.«

Zuhause angekommen, berichtete ich meiner Frau, dass wir jetzt zwar im Besitz eines neuen Kühlschranks seien, ich mich dafür allerdings am Abend mit einem dicken bärtigen Mann zum Kuscheln habe verabreden müssen. Fand sie okay. Manchmal muss man wohl einfach Opfer bringen. Und Hugh Grant? Der ist ja wohl mal wirklich süß. Angesichts dessen, dass der gleichermaßen putzige Ben Affleck nun Batman verkörpert, liegt der Gedanke nicht fern, dass Hugh Grant bald der neue Terminator sein könnte.
Das wären bestimmt lustige Dialoge …
Terminator: »Ich muss Sie töten. Ich bin der Terminator.«
Opfer: »Aber Sie gucken so süß. Ein bisschen wie Hugh Grant.«
Terminator: »Ich bin aber nicht Hugh Grant. Ich bin der Terminator.«
Opfer: »Sie sehen aber so aus. Wie in *Notting Hill.* Jetzt müssen Sie was Süßes sagen, Ihren Welpenblick aufsetzen und mich küssen.«
Terminator: »Mir ist egal, ob ich aussehe wie Hugh Grant. Das ist bloß ein Film. Und ich muss Sie töten.«
Opfer: »Kennen Sie das Kitzelmonster?«
Terminator: »Nein.«
Opfer: »Killekillekille …«
Terminator: »Hihihihihi. Sie kleiner Rabauke.«

Opfer: »Sie sind der Rabauke.«
Terminator: »Nein, ich bin Hugh Grant. Ach … Verdammt.«
Ich bin mir immer noch nicht sicher, ob man Hugh Grant britisch oder amerikanisch ausspricht. Graaaant oder Gränt!? Ich tendiere zu ersterem. Aber das soll erst im weiteren Verlauf eine Rolle spielen.
Ich glaube, man muss im Leben einfach nur dreist sein. Ich hätte den Kühlschrank einfach raustragen können, an der Kasse hätte ich nur ganz selbstverständlich nicken und irgendwas brüllen müssen wie: »Hat alles geklappt, Elke. Ich komm dann morgen wieder. Danke nochmal.« Hätte garantiert funktioniert. Man muss nur so offensichtlich betrügen, dass alle denken, es könnte niemand derart blöd sein, das tatsächlich zu versuchen.
Anderes Beispiel: schwarzfahren. Wenn Sie den Schaffner am Ende des Ganges sehen, stehen Sie einfach auf, gehen entschlossen auf ihn zu und sagen selbstbewusst in Ihrer tiefsten Stimmlage: »Guten Tag, Fahrscheinkontrolle. Ihre Fahrkarte, bitte!« Glauben Sie mir, das funktioniert. Aber denken Sie an die Zehn-Sekunden-Regel. Spätestens dann sollte man abhauen.

Erlauben Sie mir zum Abschied folgende Rätselfrage: Was bekommt man, wenn man einen Ausschlag am Rücken hat und sich dann kreisförmig ganz feste kratzt? Richtig. Einen Hugh Grant. Brüller, oder? Na, wegen Juck-Rand. Entschuldigen Sie meinen schlechten Humor. Falls Sie wegen dieses miesen Witzes jetzt schlechte Laune haben: Killekillekille.

Im Schatten der Sonne der Sehnsucht

Ich möchte folgende Geschichte mit einer Quizfrage beginnen: Es folgen nun einige Buchtitel von Nicholas Sparks. Welcher sticht aus der Reihe?

Wie ein einziger Tag
Weit wie das Meer
Zeit im Wind
Das Schweigen des Glücks
Weg der Träume
Das Lächeln der Sterne
Du bist nie alleine
Ein Tag wie ein Leben
Die Nähe des Himmels
Das Wunder eines Augenblicks
Das Leuchten der Stille
Dein Herz in der Nacht
Leberwurstschimpanse

Richtig: *Dein Herz in der Nacht.*
Denn was kaum einer weiß, ist, dass es sich bei *Leberwurstschimpanse* um Nicholas Sparks' Debütroman handelt. Eine erschütternde, blutrünstige Geschichte über einen zentralafrikanischen Zwergschimpansen auf der Flucht vor einem Wuppertaler Wurstfabrikanten. Was letztlich mit den wenigen vorhandenen Exemplaren geschah, weiß man nicht.

Womöglich erhielt Sparks den Anruf eines Verlegers, der seinem Erstlingswerk Misstrauen entgegenbrachte. »Nicholas, du alte Butterbirne, dein *Leberwurstschimpanse* ist ja im Grunde genommen wirklich der Hammer. Aber das Ding verkauft sich jetzt doch eher suboptimal und lässt sich außerdem unmöglich mit Richard Gere verfilmen. Für den Mainstream ist dein Werk nicht mehr als Makulatur. Da muss deutlich was kommen, ehe du zum Starautor avancieren kannst.«

Gerüchten zufolge hat Sparks, nachdem man ihm den Geldhahn zudrehte, Depressionen bekommen. Auch seine nächsten Versuche, die dem Genre Regionalkrimi zuzuordnen sind, wurden allesamt abgelehnt, obwohl sich darunter so großartige Titel befanden wie *Der Werwolf von Wermelskirchen* und *Der Buckelwal aus Wuppertal.* Auch seine ersten Gehversuche im Bereich der Fantasy namens *Die Krähen von Finsterwald* und *Der Schieß-mich-tot aus Dingenskirchen* [Originaltitel: *The Shoot-Me-Down From Stuffchurch*] fanden keinerlei Anklang. Aber dann kam der Durchbruch, und *Leberwurstschimpanse* geriet wie alle anderen oben erwähnten textuellen Ergüsse in Vergessenheit.

Ähnlich verhielt es sich bei meinem speziellen Freund Paolo Coelho, dem Xavier Naidoo der Belletristik. Ein einziger wandelnder Aphorismen-Abreißkalender. Auch er begann seine schriftstellerische Karriere mit einem Buch namens *Dr. Schlumpski, der Schlächter von Schleswig.* Verkaufte sich nicht. Es folgte ein Imagewechsel. Und da müssen wir jetzt durch. Der Mensch distanziert sich vom Glauben und braucht Ersatz. Das Ergebnis sind Großbuchhandlungen, die zur einen Hälfte aus einer Esoterik-

Abteilung bestehen und zur anderen aus Büchern von Leuten wie Paulo Coelho, dem alten Zen-Buddhisten und Meister der Plattitüden. Was einem in so einer Filiale nicht alles als tiefsinnig eingebleut wird. *Mein Sohn, wenn du die Augen schließt, sieht du nix mehr. Obacht, auch der längste Weg beginnt mit dem ersten Schritt. Das Licht, mein Sohn, es wird auch dich erhellen. Nutze den Tag. Scheiß die Wand an. Und denk dran, auch das Meer besteht aus einzelnen Tropfen. Ist mir aber eigentlich wurst. Ich sitze hier und pupse in meinen purpurnen Samt-Ohrensessel, während ich euch einfältigen Selbstfindungs-Heinis irgendwelchen pseudospirituellen Unfug als intellektuelle Belletristik verkaufe.*

Ich glaube, Coelho selbst kann gar nichts dafür. Wahrscheinlich ist sein Name in Wahrheit nur das Pseudonym eines dicken, behaarten Speditionsarbeiters aus Castrop-Rauxel, der »auff'e Maloche« Sachen sagt wie: »Verdammte Hacke, ich könnt kotzen, so schön ist das«, oder auch: »Da juckt mir die Ritze, das Mäuschen kann sprechen.« Und seit Jahren arbeitet dieser Mann nachts an Romanen mit Titeln wie *Sei wie ein Fluss, der still die Nacht durchströmt* oder *Das Handbuch des Kriegers des Lichts.*

Jetzt mal im Ernst. Ich habe doch gar nichts gegen den Mann. Aber wer hat den Mist übersetzt? Wir leben schließlich in Deutschland, dem Land der Komposita. Hier heißt das demzufolge immer noch *Lichtkriegerhandbuch.* Gut, zugegeben, das klingt nicht mehr ganz so prickelnd. *Lichtkriegerhandbuch.* Erinnert eher an eine Broschüre für angehende Elekroinstallateure. Aber, *Das Handbuch des Kriegers des Lichts* – ernsthaft?

Man übertrage dieses Muster auf alltägliche Situationen,

um sich des gänzlichen Ausmaßes an Unsinn gewahr zu werden:
»Schatz, gibst du mir mal die Bedienung der Ferne?«
»Ja, mein Hase, aber hier hast du erst einmal den Schlüssel der Schraube des Kreuzes zum Wechseln der Batterien.«
Schuster, bleib bei deinen Leisten. Das ist alles nur eine Sache der Glaubwürdigkeit. Nehmen wir mal Vin Diesel. Stellen Sie sich vor, Vin Diesel würde die Hauptrolle in *P.S. Ich liebe Dich* spielen. Traut man ihm im ersten Moment nicht zu. Dann wohl eher *P.S. Auf die Fresse, Du Wurm.* Aber wer weiß, vielleicht handelt es sich bei Vin Diesel und Cecilia Ahern ja wider Erwarten um ein und dieselbe Person. Möglich wäre aber auch, dass Vin Diesel *P.S. Ich liebe Dich* aus reinem Zeitvertreib geschrieben und dann an Ahern verkauft hat, um keinen Imageschaden zu erleiden. Tagsüber spielt er den muskulösen Geheimagenten wider Willen, der in russischen Mafia-Clubs zur Musik von Rammstein Schurken ausspioniert, und nachts sitzt er mit einem Seidenschal um den Hals und einem guten alten Bordeaux in seinem Kämmerlein und schreibt kitschige Liebesromane.
Warum verlassen wir nicht viel öfter unsere Rollen? Warum nicht mal durch eine plötzliche Wendung im Lebenslauf überraschen? Wer weiß, vielleicht wagt Nicholas Sparks irgendwann diesen Schritt und schreibt das Drehbuch zu *Terminator VI.* Vollständig hieße der Streifen dann *Terminator – Im Schatten der Sonne der Sehnsucht.* Und Paolo Coelho würde sich eines Remakes von *Triple X* annehmen. Hier stelle ich mir äußerst interessante Monologe vor: »Hey, sind Sie Xander Cage? Wir haben eine Mission für Sie. Hauen Sie diesen garstigen Wichs-

buckeln die Rübe weg, und sprengen Sie dabei ruhig ein paar willkürliche Passanten in die Luft. Aber bedenken Sie: Auch der längste Weg beginnt mit dem ersten Schritt. Träumer können nicht gezähmt werden. Einzig die Liebe scheitert nie. Und jetzt auf, kleiner Räuber. Zeig's diesen garstigen Tunichtguten.
P.S.: Die Liebe kann nicht aufgehalten werden, denn sie ist ein Fluss und kann jederzeit einfach über die Ufer treten. Apropos Fluss, da donnert gerade ein U-Boot mitsamt Sprengkapsel und ca. sechshundert Knoten über die Moldau. Hier hast du einen alten Fiat Punto. Und jetzt sieh zu, wie du klarkommst.

P.P.S.: *Ich liebe dich.*
P.P.P.S.: *Leberwurstschimpanse.*«

Das Diktat der Gesundheit

Die meisten Raucher sind sehr umgängliche, genügsame und gönnerhafte Menschen. Womöglich sind wir nicht die Allerhellsten, denn schließlich wissen wir selbst, dass das Qualmen nicht *so* förderlich für die Unsterblichkeit ist (und tun es trotzdem), aber, und das können Sie mir glauben, wir sind dennoch zufrieden. Wir haben uns zurückgezogen. In winzige, gelb umrandete Bahnhofsquadrate und Restaurantwintergärten. Kein Problem. Und gerne lassen wir uns darin mitleidig anschauen. Der gläserne Raucher. Wunderbar. Peu à peu wurden wir aus der normierten Gesellschaft verdrängt, aber niemand hat sich beschwert. Haben wir alle eingesehen. Und so einen richtigen Raucher, den bringt eh nichts und niemand aus der Ruhe. Dafür ist der Raucher viel zu gemütlich. Vielleicht schimpfen wir kurz, aber dann ist auch wieder gut. Und wenn jemand sagt, dass die Kaffeepause gekürzt oder die Stadionwurst ab morgen wieder teurer wird, dann rauchen wir eine und sagen: »Jo, macht ihr mal.«

So weit, so gut. Dann werden wir eben wie bunte Fassaden und Familienbäckereien aus dem Stadtbild gestrichen. Absolut in Ordnung. Wirklich. Rücksicht, Kinder, Gesundheit, soziale Verantwortung … alles gute Argumente. So blöd sind wir auch nicht, dass wir das nicht einsehen würden. Gut, einige mögen schon recht dösig sein, aber das sind keine wahren Raucher, das sind Idioten. Doch wir, die gemütlichen und leidenschaftlichen Raucher, wir

können gut damit leben, wir wissen uns zu helfen. Wir haben unser Zuhause – unseren Keller, unser Herrenzimmer und unsere Eckkneipe.
Aber jetzt kommt so ein ethischer Säuberungsbeauftragter, so ein notorischer Nichtraucher-Nazi mit seinem Sarkozy-Kehrbesen daher und meint: Die Eckkneipe sei jetzt auch noch tabu. Und ich sag dir, mein Freund, das geht zu weit. Du kannst mir alles nehmen. Meine Wohnung, meine Freundin, aber nicht Willis Eckkneipe. Das gute alte *Kiek Eens Rin* – meine Bastion, mein Exil, der Schrebergarten der Tabakkultur. Nein. Und wenn du meinst, nach dem Blumenpflücken mit deinem asthmatischen Nachwuchs und dem quietschenden Kinderwagen in meine Eckkneipe watscheln zu müssen, dann frag ich mich, wer von uns hat hier die Schrauben locker!? Da läuft was schief, mein Sohn. Das ist ein Raucherclub, und wir sind stolz drauf. Das erste Mal in unserem Leben sind wir überhaupt Mitglied in einem Club. Ich habe sogar eine Karte: *Kiek-Eens-Rin-Raucherclub.*
Die Freiheit des Einzelnen fordert, die Freiheit des anderen zu respektieren. Sonst funktioniert das nicht mit der Freiheit. Wir Raucher, wir marschieren auch nicht in eure Kindergärten und brüllen: »So, raus hier. Hier wird jetzt geraucht.« Tun wir nicht. Und wir gehen auch nicht auf die Hüpfburg oder ins Ikea-Bällebad, um zu qualmen. Nein! Uns triffst du weder auf dem Trampolin, dem Tennisplatz, an der Tankstelle oder in deinem Trendlokal. Denn *wir* haben Willis Eckkneipe. Wir lassen euch doch auch in Frieden auf euren Sportplätzen und in euren sterilen Starbucks-Straflagern. Da kannst du auf deinem albernen Amarettokeks kauen und auf dein projiziertes

Rauhfaserkaminfeuer glotzen, bis dir die Augen ausfallen. Uns Raucher wirst du dort nicht antreffen. Wir haben Stil. An solch sterilen Orten finden doch keine Gespräche statt, so wie ihr in euren WiFi-Cafés auf den Laptop geiert. Zeig mal das neue YouTube-Video. Ja, gerne würde ich dein neues YouTube-Video sehen, du hast mir ja nicht gerade erst über viertausend YouTube-Videos gezeigt. Hier, mach doch ein Foto von mir und meinem Amarettokeks. Mach doch mal ein Foto. Oh, und zeig mir doch mal die Bilder in deinem Fotoordner. Du und deine fünf Freunde mit einer Bierflasche in der Hand. Oh, eine Disko. Und du arbeitest mit diesen verschwommenen Lichteffekten, du wuseliger Wirbelwind. Ein Partyfotograf. Wie fein. Am Arsch, du quirliger Quälgeist.

Und ich sag dir, wir in Willis Eckkneipe, wir haben Fehler und Schwächen, aber wir fotografieren weder unsere grinsenden Gesichter in Großraumdiskotheken noch irgendwelche Amarettokekse. Das ist nicht lustig, du Lappen. Du kannst über Willis Eckkneipe sagen, was du willst. Aber hier finden noch richtige Gespräche statt. Das ist ein Ort der Konversationskultur. Der blaue Dunst, das behutsame Ausatmen, glühende bröckelnde Asche, das Weiterreichen des Aschenbechers, das Augenschließen bei jedem genüsslichen Zug. Das sind Gesten. Nonverbale Kommunikation. Aufmerksamkeiten, Anspielungen, Metaphern. Das zaghafte Zögern vor dem finalen Zug, ein In-sich-Kehren, ein bewusster Schachzug der gepflegten Gesprächskultur.

Und du sagst, wir reden nur über Unsinn?! Über Fußball und so. Über Fußball? Wir reden nicht über Fußball. Fußball ist eine Allegorie des Lebens, eine simulierte

Spiegelung. Dieser Willi hat existenzielle Ängste. Über die redet er hier. Das ist kein Witz. Vielleicht hat der Willi nie gelernt, über seine Gefühle zu reden oder seine Ängste zu reflektieren. Und trotzdem kann er in Metaphern sprechen. Und jeder versteht ihn. Das sind ehrliche, aufrichtige Gespräche. Du musst Willi nicht für blöd halten, nur weil er noch nie ein Buch gelesen hat oder weil er weniger gebildet ist als du, denn der Willi hatte nie die Zeit zum Lesen. Der musste arbeiten, für seine Familie sorgen. Und jetzt lass den Willi in Ruhe sein Bier trinken und rauchen. Im Ernst. Und wenn du meinst, der liebe Willi, der herzensgute bärtige Willi, der immer Ja und Amen sagt, dieser Willi wäre so blöd, dass er sich von dir auch noch seine Eckkneipe nehmen lassen würde, dann hast du dich geschnitten. Liebe Gesundheitsdiktatoren, wenn bald die letzte Eckkneipe schließt, bitte denken Sie daran: Ich habe eine Axt.

Sie sollten bereits festgestellt haben, dass ich keine Menschen in Gruppen mag. Kirmes, Karneval, Weihnachtsmärkte. Nicht mein Ding. Ja, mir wird oft gesagt, ich sei ein recht stiller Mensch. Schlicht, schweigsam und eine gewisse Ruhe ausstrahlend. Wenn Sie wüssten. Aber darin liegt doch das Geheimnis des »Angenehm-Seins« – einzig in dem Talent, nicht überall seinen Quark dazugeben zu müssen, sich einfach mal zurückzulehnen, einfach mal nicht da zu sein. Ich weiß selbst nur zu genau, dass ich nicht immer angenehm bin, und dann ist es besser, einfach mal von der Bildfläche zu verschwinden. Ich habe da ein gewisses Talent, denn schon als kleiner Stöpsel habe ich gelesen, gemalt, Kassetten gehört und, und, und ... Ich kann mich einfach sehr gut alleine beschäftigen. Ohne Menschen, ohne Fernsehen, ohne Zeit. Vielleicht bin ich wirklich so ein richtiges Bilderbucheinzelkind. Man setzt mich irgendwo ab, gibt mir ein Buch oder Kieselsteine und weiß: Ich kriege den Tag schon herum. So ein kleiner kreativer Kinderzimmerkünstler. Das Problem: Die Welt ist kein Kinderzimmer. Und wenn ich auch noch so sehr in mir ruhen kann, sobald ich mit den Instanzen »Mensch« und »Außenwelt« konfrontiert werde, gerät mein System ins Wanken. Das In-sich-Ruhen funktioniert dann nicht mehr.
Ich liebe Zugfahren, diese gleichmäßige, konstante Bewegung. Manchmal habe ich das Gefühl, Zugfahren gleiche einem embryonalen Zustand. Soweit ich mich erinnern kann,

und glauben Sie mir, das kann ich, war ich als kleiner knäuliger Fötus ein sehr angenehmer Zeitgenosse.
Nun aber zu diesem klitzekleinen Malheur in meinem kosmischen Einklang. Die Tatsache, dass manche Menschen meinen, und ich weiß wahrlich nicht, wer oder was sie dazu befugt ... dass manchen Menschen meinen, auch Zug fahren zu müssen. In meinen embryonalen Bezugspunkt eindringen zu müssen. Liebe Menschen, wecken sie niemals einen Bären aus seinem Winterschlaf. Und sieht er auch noch so harmlos aus ...

Entschuldigung, Sie haben da etwas Würde verloren

Freitagabend. Regionalbahnfahrt. Düsseldorf–Wuppertal. Einer dieser Momente, um jeglichen Glauben an die Menschheit zu verlieren. Auf dem Weg Richtung Heimat döste ich vor mich hin, schaute dann und wann zufrieden aus dem Fenster und plötzlich … kamen sie – Geschöpfe mit roten wulstigen Lippen und albern beflockten Pullovern. Eine ganze Heerschar von keifenden, krächzenden Weibern mit Pinnchen und Prosecco. Mit Pauken und Trompeten. An der Spitze des uniformierten, bräsigen Heeres das Führerweib, welches direkt auf mich zukam und mir mit seinen schwammartigen Lippen einen Kuss auf die Wange gab, bevor es sagte: »Heute ist der Tag vor meiner Hochzeit. Der letzte gemeinsame Abend mit meinen Mädels. Wenn du magst, kannst du mir was in den Klingelbeutel werfen. Bekommst auch einen Schnaps.«

Ja, ja, dachte ich mir. Morgen die prüde pausbäckige Petra, aber heute nochmal Rosi vom Ronsdorfer Rotgeldstrich. Was für eine Entwicklung. Ich warf ihr ein paar Kupfermünzen in den Beutel. »Kauf dir was Schönes, liebe Rosi. Kauf dir Selbstwert, Stolz und ein Gewissen. Übrigens: Vielleicht hättest du beim Auftragen dieser bröckligen Schminkschicht genauer in den Spiegel gucken sollen, denn dann wäre dir sicher Folgendes aufgefallen: Ähnlich wie bei *LONSDALE*-Pullovern, bei denen es mit einer offenen Jacke darüber so aussieht, als würde da bloß *NSDA* stehen, verhält es sich mit eurem eigenen affigen Aufzug. Ist dir nämlich aufgefallen, dass da bei Junggesellenabschied *ESEL* steht. Esel! Und damit bist du noch gut bedient. Zugegeben, du musst die Jacke dafür schon schief tragen und auf ein wenig Südwestwind hoffen. Aber egal. Es geht ums Prinzip. Esel.«

Das hab ich so natürlich nicht gesagt. Stattdessen hab ich meinem Ärger wider mein sonst so friedliebendes Naturell mal so richtig Luft gemacht. Denn bis heute habe ich das Prinzip dieses Abschiedsrituals nicht verstanden. Nehmen wir mal an, Sie wären Boxer. Sie hätten ein Leben voller Schmerz und Leid hinter sich, hätten sich rumgeprügelt, Rückschläge erlitten und wären wieder aufgestanden. Und dann kommt schließlich einer und sagt: »Du bist der Champion. Hier, dein Pokal, dein Gürtel und eine sichere Rente.« Würden Sie sich dann hinstellen und sich zum Abschied noch einmal einen ganzen Abend lang in die Fresse schlagen lassen? Wohl kaum.

Warum also immer Abschied nehmen? Es ändert sich doch nichts. Deine Freundinnen sind doch weiterhin da, Rosi. Sei doch froh, dass du heiratest. Ist doch keine Strafe. Warum schreibst du dir denn solche Albernheiten auf deinen Pullover? Warum ziehst du dein Glück durch Pulloverbeflockungen ins Lächerliche?

Warum muss heutzutage alles ironisiert werden? Ironie, wohin man schaut. Selbstironie, Sarkasmus. Und dann stehen sie da, auf den Pullovern, die ganz großen Lebensweisheiten. *Der letzte Tag meines Lebens. Ab morgen habe ich endlich 'ne Putzfrau. Selbst schuld. Ehesklave. Goodbye, Freiheit.* Irgendwie wird man das Gefühl nicht los, dass bei den Menschen, die solche Junggesellenab-

schiede feiern, einige der Sprüche zutreffen könnten. *Der letzte Tag meines Lebens.* Mit Ironie hat das häufig nichts mehr zu tun. Das Verständnis von Ehe hat sich womöglich einfach verändert. Vielleicht ist die Ehe für einige mit einer Beförderung im Job vergleichbar? Vielleicht denken manche deswegen, dass sie vorher nochmal mit den alten Kollegen kegeln gehen müssten. Was ist das bloß für ein Umgang mit seinem Glück? Männer können anscheinend nicht mehr so was sagen wie: »Ich freue mich. Jungs, kommt mal her. Morgen heirate ich. Danke, dass ihr mir geholfen habt, mich geprägt habt, dass ihr da wart für mich. Lasst euch mal drücken. Lasst uns mal einen schönen Abend haben heute.« Warum muss Emotionalität sofort banalisiert und ins Absurde gezogen werden?
Wirkliche Abschiede gibt es doch auch nicht mehr. Wann haben Sie denn zuletzt einen Abschied erlebt? Telefonzellen und weiße Taschentücher am Bahnhof sind zum Relikt verkommen. Und genau deshalb scheinen solche theatralischen Abschiede inszeniert werden zu müssen. Aufgesetzt. Künstlich. Mit Flockdruck. Mit Motto-Sweatshirts und Bollerwagen absolviert man den großen Altstadt-Spießroutenlauf, feiert sich selbst und trinkt sich die Hucke voll. Denn an diesem Abend muss es dieses entscheidende Bierchen mehr sein. Am nächsten Morgen stellt man allerdings fest, dass man sich wegen dieses einen Biers an nichts mehr erinnern kann. An gar nichts. Man weiß nur noch bruchstückhaft, dass man irgendwann am Bahndamm stand und die Prostituierte zu einem sagte: »Entschuldigung, Sie haben da etwas Würde verloren.«
Hauptsache erinnern. Tausend Fotos machen, mit der

Bierflasche in der Hand, seine Männlichkeit hochstilisieren und »Hugahugahuga« brüllen. An diesem Abend noch ein allerletztes Mal rumpöbeln, am nächsten Morgen noch einmal mit einem richtigen Schädel aufwachen und sich sagen: »Bin ich froh, dass die Zeiten vorbei sind.« Der Junggesellenabschied dient wohl ausschließlich dazu, sich bewusst zu machen, wie wenig man doch zu verlieren hat. Und irgendwann ruft man seine Freunde wirklich nicht mehr an. Weil man sie nur noch mit seinem Scheitern assoziiert, mit seinem dreißigjährigen vorangegangenen Brummschädel. Und natürlich muss das jeder mitbekommen, jeder. Dann fängt man am Bahnhof an mit seiner Klingelbeutel-Inszenierung. Im Zug selbst geht es weiter. Und später rennt man durch die Abteile mit seinen Uniformen und demonstriert den Menschen, wie lustig man doch ist. Wie witzig. Diese Ironie im Schriftzug. Da hat einer nächtelang dran gesessen und sich das überlegt. Und jeder muss Zeuge davon werden, wie ironisch man sich selbst doch gegenüber ist. Im Zug. Da, wo andere Menschen schlafen wollen, entspannen, lesen, die wenigen ruhigen Stunden ihres Tages genießen wollen.

Liebe Junggesellenabschiedsteilnehmer, habt ihr mal was von U-Booten gehört? Mietet euch U-Boote für euer Gedöns. Oder feiert eure Sauftournee unter Tage. Kohlenschächte sind sehr schön.

Der Linkshändler von Cluj-Napoca

München, Glockenbachviertel. Ein Restaurant wirbt laut draußen positionierter Kreidetafel mit *frecher, regionaler Küche.* Sehr interessant. Freche Küche – einfach mal den Ofen statt der gewohnten hundertachtzig auf nur hundertneunundsiebzig Grad vorheizen. Spielerische Akzente setzen, den kleinen Rebellen in sich herauslassen. Einfach mal ganz keck ein Endstück grobe Leberwurst in die Mousse au Chocolat unterrühren.
Warum muss bei modernen Geschäftskonzepten immer alles frech sein? Kann denn so ein junges Start-up-Unternehmen nicht einfach mal mit beschissen langweiligen Produkten werben? Ein frecher Haarschnitt, das ist auch so eine Sache, die ich nicht verstehe. Bei fast allen Friseurketten, und zumeist sind es solche mit gleichsam frechen Wortspielen im Namen wie *Haar*$_2$*0, KreHaarTiv* oder *Haar-Spalterei,* wird vorzugsweise mit fröhlich-frechen Haarschnitten geworben. Gemeint sind kecke Strähnchen, die man sich zufällig wirkend ganz kess in die Stirn fallen lassen kann. Ähnlich fesch lassen einen nur blondierte Pürzel im Nackenbereich aussehen. Eine Zeitlang war es Mode, dass junge Männer sich tattooartige kleine Tribals oder sonstigen Unfug in die Haare rasieren ließen. Die Idee ist im Ansatz ganz gut, aber ausbaufähig. Zum Beispiel könnte man sich kleine Sudokus oder Kreuzworträtsel einrasieren lassen. Das sähe dann zwar immer noch scheiße aus, aber wenigstens könnte man anderen

Fahrgästen im Bus ein wenig die Zeit vertreiben. Aber wer denkt denn schon noch an andere? Auf die Idee bin ich gekommen, als ich vor einiger Zeit einem solch garstig dreinblickenden Zeitgenossen mit schwarzem Edding etwas in seine Tribals geschmiert habe – ich dachte, es handele sich um eines dieser Verfolge-die-Linie-um-den-Schatz-zu-finden-Rätsel. Ich habe dafür ziemlich was auf die Moppe bekommen, aber den Spaß war es mir wert. Ich weiß übrigens nicht, ob Verfolge-die-Linie-um-den-Schatz-zu-finden-Rätsel wirklich die offizielle Bezeichnung für dieses Spiel ist, aber sollte unter den Lesern ein Spiele- und Ratefuchs mehr wissen, so möge er mir den flüchtigen Fauxpas verzeihen und die korrekte Bezeichnung an folgende E-Mail-Adresse schicken: klugscheißer magniemand@gmx.de.
Haarschnitte und regionale Küche sind jedenfalls zwei Bereiche des Lebens, in denen ich es eher konventionell statt frech bevorzuge. Mit regionaler Küche assoziiere ich Gerichte wie die Jägerhof-Schlachtplatte oder den klassischen Ratsherrenteller. Sobald die Begriffe »Jäger«, »Bauer« oder »Ratsherr« auftauchen, kann man sicher sein, keinen Mist wie Salbei-Fenchel-Gemüse vorzufinden, sondern ausschließlich Bratkartoffeln, Fleisch, Spiegelei und dunkle Soße. Mit frecher, regionaler Küche werben solche Restaurants jedenfalls nur in den allerseltensten Fällen.

Als ich neulich im Zug saß, ist etwas sehr Schönes passiert. Zwei Jugendliche saßen sich gegenüber und hörten über ihren Handylautsprecher Musik. Ich würde gerne berichten, dass es sich dabei um Lieder über sozialen Zusammenhalt und familiären Respekt handelte. In Wahr-

heit erklang jedoch folgende Textzeile: »Deine Tochter ist ein Fickstück.« Oha. Ganz schön garstig. Da geht es scheinbar weniger um das gesellschaftliche Zusammenleben erleichternde Normen und Werte.
Neben mir saß jedenfalls ein älterer Herr um die achtzig und schüttelte verwirrt den Kopf. Als auch er den Inhalt der Textzeile registrierte, fragte er mich verwundert: »Hat der gerade ›Fickstück‹ gesagt?«
Ich schaute etwas beschämt drein und murmelte: »Ich fürchte schon.«
Gleich darauf geschah etwas sehr Schönes. Der ältere Herr hielt nämlich keineswegs eine verbitterte zornige Rede über die moderne Jugend und den Verfall der Sitten im Allgemeinen, sondern zwinkerte schelmisch und sagte: »Na, so ein Frechdachs!«
Das war die schönste Art zu reagieren, die ich mir hätte vorstellen können. Frech wollen Jugendliche mit vierzehn nämlich so gar nicht sein. Sie wollen böse, subversiv, rebellisch sein. Aber nicht frech. Und ich bin mir sicher, wenn sie das mitbekommen hätten, hätten sie die Musik sofort ausgemacht und sich ob ihres sittenlosen Verhaltens geschämt. Niemand will frech sein. Weder jugendliche Fickstück-Rap-Hörer noch Friseurkunden noch Restaurantbesucher. Kleine Kinder können frech sein. Das war es dann aber auch schon.

Der Musiker Norman Hecht hatte übrigens die große Idee, eines seiner Alben *Norman und Werte* zu nennen. Von allen schlechten Wortspielen ist dies das mit Abstand schönste. Und wenn ich ehrlich bin, bin ich sehr sauer, dass er diese Idee vor mir hatte. Gerne hätte ich nämlich

mein nächstes Buch so genannt, obwohl ich nicht Norman heiße.
Ein anderes schlechtes Wortspiel, auf das ich sehr neidisch bin, lautet *Synthie und Roma.* Obgleich ich nämlich Geschichte studiert habe und von mir selbst annehme, recht belesen zu sein, habe ich bis vor wenigen Jahren bei der schriftlichen Verwendung des Ausdrucks *Sinti und Roma* ersteren wie Synthesizer geschrieben. Synthie. Eine ziemliche Dummheit, aber ein extrem guter Name für eine Art italienische Neuauflage von Depeche Mode. Auch diese Idee scheint es schon zu geben. Laut Google verfügen Synthie & Roma immerhin über einen Myspace-Account. Norman Hecht hingegen kann man sich bei last.fm anhören.
Allerdings haben beide keinen Wikipedia-Eintrag und somit keinerlei kulturhistorische Relevanz. Ich gehe so weit zu behaupten, dass Dinge, Lebewesen und abstrakte Gedanken ohne Wikipedia-Eintrag schlichtweg nicht existieren. Sie sind wie ein schwarzes Loch im Universum.
Und wenn Sie zufällig in Bielefeld wohnen und Ihnen mal wieder jemand auf den Sack geht, weil er denkt, Sie hätten die nicht ansatzweise witzige Aussage »Bielefeld gibt es nicht« noch nie gehört, dann sagen Sie: »Und ob Bielefeld existiert, du dummer Schwachkopf. Dahingegen sind Norman Hecht sowie die Band Synthi & Roma nur eine Projektion unserer Vorstellungskraft. Einziger Erfinder dieser beiden Ausdrücke ist und bleibt Patrick Salmen, der zwar auch über keinerlei kulturhistorische Relevanz, dafür aber immerhin über ein sehr freches Mundwerk verfügt.«

Bis vor zwei Jahren dachte ich übrigens, es heiße Traumzeuge und nicht etwa Trauzeuge. Ergibt ja durchaus Sinn. Man wird Zeuge eines großen Traums, der in Erfüllung geht.
Eine weitere Bildungslücke ist der weitverbreitete Irrtum, es heiße Linkshändler statt Linkshänder. Das ist falsch, werden die ersten Empörten sagen. Einen Linkshändler gibt es nicht. Mag sein, aber es gab ihn einst. In der rumänischen Stadt Cluj-Napoca gab es vor sehr langer Zeit einen Ortsteil, in dem alle Menschen nur rechts herum liefen. Auch die Uhren liefen rechts herum. Man hatte nur rechte Socken, rechte Hände und an den rechten Kopfseiten rasierte Schatzsucher-Tribals. Eines Tages kam ein fahrender Händler auf einem Ochsenkarren vorbei und verkaufte den Menschen das Links. Das war der Linkshändler. Falls Sie mir nicht glauben, Sie kennen ja bereits die entsprechende Mail-Adresse.

C'est la vie, Lethargie

Wie sagt man so schön? In der Ruhe liegt die Kraft. Gestern rief meine Freundin den Vermieter an und teilte ihm mit, dass unsere Badewanne schon wieder Schimmel ansetze. Erst später stellte sich raus, dass ich das war, der da lag. Ich bin ein statischer Mensch. Mann, ist mir manchmal langweilig. Oft sitze ich vor meiner verstaubten Wanduhr, beobachte den alten, trägen Stundenzeiger und denk mir: Potz Blitz!, Kamerad. Du hast ja wohl Hummeln im Hintern.

Trotzdem mag ich quirlige Menschen. Ich bin auch quirlig. Nicht. Heute Morgen habe ich gelesen, dass es keinesfalls schaden kann, wenn man kohlensäurehaltiges Mineralwasser unter den Pfannkuchenteig rührt. Dann wird er fluffiger. Ich bin ja eher der herkömmliche Pfannkuchen. Platt und träge.

Eigentlich finde ich, dass ich ein gemütlicher Mensch bin. Ich nenne es zumindest »gemütlich«. Ich bin ein ziemlich langsamer Mensch, ich lasse mir Zeit und liege gerne auf dem Rücken. Nun habe ich ein Problem, denn man sieht mir meine Trägheit nicht an. Ich bin schlank, und obwohl ich zwar langsam einen leichten Bauchansatz bekomme, bin ich, was das Gesamtbild anbelangt, definitiv viel zu schlank. Mein Phänotyp passt sich nicht meinem Temperament an.

Und wenn Menschen mich sehen, denken sie oftmals, ich würde Dinge machen, die schlanke Menschen eben so tun. Fahrrad fahren oder schwimmen. Vergesst es. Ich finde, schlanke Menschen haben komische Hobbys. Fahrradfahrer oder Schwimmer, die rasieren sich die Beine und die Brusthaare, damit sie quirliger, windschnittiger und dynamischer sind. Ja klar, denke ich mir, es kam ja schon oft vor, dass ich nicht weiterlaufen konnte, weil der Luftstrom von meinem Bart blockiert wurde. Natürlich.

Außerdem sehen sie alle wie geschorene Schafe aus – nackt und hässlich. Das Argument der Radfahrer, die Wundheilung sei durch Beinbehaarung komplizierter, ist übrigens völliger Blödsinn. Mit einer prachtvollen voluminösen Beinbehaarung bekommst du nämlich erst gar keine Wunde, du Hampelmann. So einfach ist das.

Wie dem auch sei. Ich will erst gar nicht gefragt werden, ob ich mit auf eine Fahrradtour kommen mag, und deswegen wäre ich gern dicker. Dicke Menschen lädt man nicht zum Sport ein. Sondern in die Kneipe. Oder in den Jazzkeller. Das sind Dinge, die ich unterstütze. Ich bin doch nicht Turnvater Jahn. Aber nein, ständig erwartet man von mir »schlanke« Tätigkeiten. Aber ich bin träge. Ich bin ein Walross. Ein Faultier, gefangen im Körper einer grazilen Gazelle, eines quirligen Geparden, einer windschnittigen Antilope. Verdammt, ich bin nicht quirlig. Und ich rühre kein Mineralwasser in meinen Pfannkuchenteig, damit er quirlig wird. Fluffig. Meine Pfannkuchen sind träge und gemütlich. So, wie ich sie mag. Platt und zufrieden. So wie ich. Und ich möchte bitte einfach nur ein bisschen dick werden. Und alt. Alt und dick. Das fände ich gut. Und außerdem brauche ich einen großen Keller.

Ein großer, weiser, dicker bärtiger Mann hat mir einmal das Geheimnis seiner Ehe verraten: »Mein Junge, du brauchst einfach einen großen Keller. Und wenn die Alte oben rumkeift, dann ziehst du dich einfach mal für ein, zwei Jahre zurück.«

Irgendwann sah ich dann mal seinen Keller. Dort habe ich die Quintessenz des Lebens verstanden. Bis heute kann ich nicht verstehen, warum er ihn jemals wieder verlassen hat. Er hatte dort alles, was ein Mensch braucht. Einen Tresen, einen Zapfhahn, seine Plattensammlung und einen sehr, sehr großen Sessel. Und Sportgeräte – einen Billardtisch, eine Dartscheibe und ein Schachbrett. Ich mag Kellersportarten. Kellersportarten sind gut. Ich möchte später einfach nur in meinem Keller sitzen, Miles Davis hören, Cognac trinken und andere dicke bärtige Männer zu mir einladen. Der Keller ist die Basis einer Beziehung, ein Lebensentwurf. Ich möchte rauchen, Bier trinken und Bücher schreiben. Und wenn gerade mal keine dicken bärtigen Besucher da sind, möchte ich meinen Enkeln Geschichten vorlesen. Ständig hört man Nachrichten von Menschen, die entführt werden und dann in einem Keller eingesperrt werden. Glauben Sie mir, wenn Sie diesen Keller sehen, dann wollen Sie dort eingesperrt werden. Zumindest, sofern Sie ein dicker bärtiger Mann sind.

Stellen Sie sich mal vor, man würde so einen rasierten, schlanken Jogger-Schlingel in diesem Keller einsperren. Jogger sagen ja immer, sie würden zum Entspannen laufen. Klar. Würde man sie in dem Keller nun zwingen, stattdessen Bier zu trinken und zu rauchen, würde dies bei dem ein oder anderen vermutlich zum Burn-out führen.

Warum ich mich so aufrege? Weil ich noch immer nicht dick bin. Weil ich immer noch nicht Großvater bin und meinen Enkeln bei Kaffee und Kuchen gemütlich Geschichten vorlesen kann. Weil ich meine Trägheit noch nicht bewusst und stolz inszenieren kann. Weil irgendwelche Menschen ständig Leistung von mir erwarten. Das setzt mich unter Druck. Ich brauche einen Keller. Und ich fange gleich damit an, ihn zu bauen.

Neulich in Wien. Hotelrezeption. Am Empfang ein Herr um die sechzig. Mondän gekleidet. Schwarzer Anzug. Stolze und ehrwürdige Erscheinung.

Ich: »Mein Flug geht morgen um 7 Uhr. Ich bräuchte bitte gegen 4 Uhr einen Wake-up-Call.«
Er: »Spezielle Wünsche?«
Ich: »Nichts vom Band. Was Persönliches bitte.«
Er: »Das war's?«
Ich: »Hmm … schnurren sie einfach.«

Tja. Er hat's getan. Selbst längst nicht mehr dran gedacht und dann um 4 Uhr morgens von einem älteren Herrn mit einem lasziven »Harrrrrrr …« geweckt zu werden – eindeutig das schönste und zugleich verstörendste Erlebnis der letzten Tage. Hach, Hotels sind wunderbar.

Erkenntnisse des Lebens

Wenn man in einem Hotel übernachtet und dort vor dem Rauchen zwecks schlaufuchsartiger Überlistung der Rauchmelder Tennissocken über ebenjene hängt, sollte man daran denken, diese danach auch wieder abzuhängen.
Hätte ich das getan, wäre ich nicht in den Genuss des folgenden Telefonats gekommen.

Ring, Ring, Ring.
Ich: »Salmen.«
Sie: »Hallo, MacGyver.«
Ich: »Häh?«
Sie: »Adelberger mein Name. Vom *Hotel zum goldenen Hirschen.* Kann es sein, dass Sie etwas im Zimmer vergessen haben?«
Ich: »Nicht, dass ich wüsste. Warum?«
Sie: »Also, ich komme direkt zum Punkt. Da hingen weiße Tennissocken über dem Rauchmelder.«
Ich: »Upps.«
Sie: »Haben Sie im Zimmer geraucht?«
Ich: »Nö.«
Sie: »Warum hing dann, ich betone das nochmal gerne, eine weiße Tennissocken über dem Rauchmelder?«
Ich: »Die habe ich zum Lüften aufgehängt.«
Sie: »Zum Lüften?«
Ich: »Richtig. Ich habe Schweißfüße. Aber nur der Linke.

Das ist echt nicht schön. Da geht man fünf Meter – zack – klatschnass. Da musste ich sie ja irgendwo aufhängen.«
Sie: »Über dem Rauchmelder?«
Ich: »Ich wusste nicht, dass das ein Rauchmelder war.«
Sie: »Was dachten Sie denn?«
Ich: »Na ja, ich dachte, das wäre eine Überwachungskamera. *Google Maps.* Die hocken doch überall. Oder Sie drehen im Hotel heimlich Amateurfilme. Was weiß ich, was Sie für Dreck am Stecken haben, wenn Sie mich beim Schlafen filmen … Sie perverse Sau.«
Sie: »Ich muss mich nicht beleidigen lassen. Das sieht man doch, dass das ein Rauchmelder ist. Außerdem riecht das Zimmer wie eine Eckkneipe. Die Putzfrau ist fast umgefallen vor Schreck. Das müssen wir Ihnen leider in Rechnung stellen – komplette Grundreinigung plus Zimmerausfall für mindestens eine Woche. Das macht 479 Euro. Sie bekommen dann Post von uns …«
Ich: »Das ist aber happig. Ich habe nicht geraucht.«
Sie: »Haben Sie wohl, Sie kleiner Lügenbold.«
Ich: »Klingt süß, wenn Sie das sagen. Ich kann doch gar nichts dafür. Ich komme aus einem starken Raucherhaushalt, da sehen Sie die Hand kaum noch vor Augen. Den Geruch werden Sie also ohnehin nicht mehr los. Aber ich schwöre, die Tennissocken sind nicht von mir. Die hingen schon vorher da.«
Sie: »Grad haben Sie gesagt, die hätten Sie zum Lüften aufgehängt.«
Ich: »Habe ich nicht. Die waren da schon. Wirklich. Echt jetzt.«
Sie: »Warum sollten denn da Tennissocken hängen?«
Ich: »Was weiß ich. Dachte, das wäre eine moderne

Kunstinstallation. *Die baumelnde Socke – La chaussette pendillée.* Ich fand's gewagt. Aber schön. Und jetzt würde ich Sie bitten, mich in Ruhe zu lassen mit Ihren Verleumdungen. Sonst hören Sie von meinem Anwalt.«

Anmerkung am Rande – ich muss darauf hinweisen, dass ich zu keinem Zeitpunkt jemals einen Anwalt hatte, diesen Satz aber trotzdem in Konfliktsituationen sehr gerne benutze. Als Beispiel sei hier eine kleine Reiberei in der dritten Klasse genannt, bei der ich der gesamten Klasse beim Völkerball mit meinem Anwalt gedroht habe, falls jemand es nochmal wagen sollte, mich mit einem Schaumstoffball zu bewerfen. Diese Banausen.

Aber zurück zum Telefonat.

Sie: »Sie sind ein sturer Holzkopf. Ich schicke Ihnen jetzt die Rechnung. Zahlen Sie innerhalb von zwei Wochen, sonst wird es noch teurer.«

Ich: »Sie hören von meinem Anwalt.«

Aufgelegt.

Zwei Wochen später.

Ich wäre nicht MacGyver, wenn ich nicht für alles einen Plan hätte. Die 479 Euro hatte ich zwar überwiesen, aber ich war gewillt, mir das Geld bis auf den letzten Cent zurückzuholen. Selbstsicher ging ich also zurück zum Hotel und spazierte zur Rezeption.

Ich: »Schönen guten Tag. Ich bräuchte ein Zimmer. Für eine Nacht. Mit Frühstück.«

Rezeptionistin: »Gerne. Bitte füllen Sie die Meldebestätigung aus.«

Ich: »Läuft.«

Name: Joost van der Bouten
Adresse: Van-Bommel-Straat 5, 1107 Amsterdam, Nederlands
Passport-ID: 3

Ich bezog mein Zimmer und ging anschließend schnurstracks in das sogenannte Business-Center. Business-Center gibt es in vielen hochklassigen Hotels und bestehen zum Großteil aus Schreibtischen, Computern, Telefonen, Scannern, Faxgeräten und vor allem, und da kam mein Plan ins Spiel, Druckern.

In hochklassigen Hotels sind die Zimmerpreise häufig happig. Im Durchschnitt zahlt man für eine Nacht im Einzelzimmer um die hundertfünfzig Euro, W-LAN kostet oft bis zu zwanzig Euro extra und für eine Flasche Wasser aus der Minibar zahlt man auch nochmal 'nen Fünfer. Allerdings, und da liegt die Schwachstelle, Drucken ist häufig umsonst.

Ich rechnete nach. Im Kopiershop kostet eine Kopie etwa neun Cent. Das Hotel schuldete mir durch die zusätzlich entstandenen Anfahrtskosten umgerechnet sechshundert Euro plus die Nacht heute. Machte Siebenhundertfünfzig Euro. Siebenhundertfünfzig Euro durch 0,09 ergab 8333,333333333 Kopien. Aufgerundet: achttausendfünfhundert. Aber, was soll's. Zuhause würde ich umgerechnet vielleicht zwei Cent bezahlen. Also nochmal. Siebenhundertfünfzig Euro durch zwei Cent: siebenunddreißigtausendfünfhundert Blatt Papier. Ich sag mal so. Machbar.

Nun, ich hätte einfach das Internet ausdrucken können. Vielleicht aber auch einfach sämtliche E-Mails, die ich im Laufe meines Lebens erhalten habe. Nein, das wäre zu kompliziert. Ich entschied mich für das *Projekt Gutenberg.* Sechstausend Werke von über eintausendzweihundert Autoren. Da hätte ich lange was zu lesen. Ich müsste hin und wieder Papier nachfüllen, aber das sollte funktionieren.

Siebenunddreißig Stunden später.
Ich weiß nicht genau, welcher Heini mich verpetzte, aber auf einmal stand vor mir der Hotelmanager.
Er: »Um Gottes willen, Herr van der Bouten. Was machen Sie da?«
Ich: »Sehen Sie doch. Ich drucke.«
Er: »Was drucken Sie da?«
Ich: »Blätter!«
Er: »So viel?«
Ich: »Was muss, das muss.«
Er: »Warum?«
Jetzt brauchte ich eine plausible Ausrede. Irgendetwas Schlüssiges. Ach ja.
Ich: »Sagt Ihnen Sophie Scholl etwas? Weiße Rose? Klingelt es da?«
Er: »Ja. Sicher.«
Ich: »Nun, sie war meine Mutter. Ich muss hier ein Werk vollenden. Sie hätte es so gewollt. Es ist etwas Symbolisches. Ich muss diese Blätter verteilen. Die Nazis sind überall …«
Der Manager sah auf den Blätterhaufen. »*Karlchen Krake? Peterchens Mondfahrt?* Ich glaube, Sie wollen mich veräppeln, Herr …«
Ich: »… van der Bouten.«
Jetzt hieß es glaubwürdig bleiben.

Ich: »Je moet een gegeven paard niet in de mond kijken. Voorzichtigheid is de moeder van de porseleinkast.«
Das waren die einzigen zwei Sätze, die ich auf Niederländisch beherrschte, dafür klangen sie aber sehr souverän.
Er: »Ich verstehe Sie nicht. Jedenfalls können Sie hier nicht einfach … Moment mal! Kenne ich Sie nicht sogar? Sind Sie nicht der Mann mit den schwarzen Tennissocken?«
Ich: »Weiße Tennissocken.«
Ach, Mist, verplappert.
Ich: »Ich kann Ihnen alles erklären.«
Er: »Nicht nötig. Die Polizei ist schon da.«
Ich: »Sie hören von meinem Anwalt.«

Armut als Chance

Viele Menschen haben nach wie vor eine Vorliebe für Extremsport. Bungee-Jumping, Fallschirmspringen, Marathon. Das ganz harte Programm. Ich persönlich bevorzuge eher *Mensch ärgere Dich nicht* oder *Mau-Mau.* Man muss es nicht übertreiben. Es gibt aber tatsächlich Menschen aus Nord- und Westeuropa, die fahren einmal im Jahr in die marokkanische Wüste, um dort bei sengender Hitze zwischen Sand und Gestein an einem Marathon teilzunehmen. Ich meine, was sollen denn da die Einwohner denken? Das ist, als ob jemand von Sylt auf die Idee käme, Urlaub in Recklinghausen zu machen. Aber nein, ich weiß: Es geht um die Herausforderung, darum, persönliche Grenzen auszutesten. Das macht man scheinbar heute so. Wenn man meint, es gehe einem zu gut, dann sucht man den Nervenkitzel, um seine Schmerzgrenzen zu entdecken.

Ich für meinen Teil fahre einmal im Jahr an die Ostsee. Das ist Nervenkitzel pur. Da weiß man nie: Werde ich das überleben? Kann da der Körper noch mithalten? Wenn du da am Strand entlanggehst … da kann immer mal 'ne kleine Welle kommen. Zack – stehst du da mit nassen Füßen. Dagegen ist der Wüstenmarathon in Marokko aber weichgespülter Wellnessurlaub.

Anderes Beispiel: Grenzerfahrung. Neulich im deutschen Privatfernsehen sah ich die Sendung *Wer wird Millionär?* Der Kandidat berichtete, er würde einen Großteil seines

Gewinnes in einen Flug nach Indien investieren, weil er dort unbedingt einmal mit der »untersten Kaste« in einem Abteil Zug fahren möchte. An und für sich nicht verwerflich, aber irgendwie steht dieses Beispiel stereotyp für unseren neuen Umgang mit Armut. Wir hüllen sie in ein romantisches Gewand und verleihen ihr einen Anstrich von Ästhetik.

Auch mein Kumpel Erich berichtete damals, er wolle einmal nach Tansania fahren. Ohne Gepäck, ohne Zeitdruck und ohne diese ganzen westlichen Wohlstandsgüter. Verfolgen konnte man seine Reise dann im Übrigen auf der eigens dafür eingerichteten Homepage, einer Tumblr-Seite, bei Twitter, Instagram und in seinem Reise-Blog *Erich in Afrika – eine Grenzerfahrung.*

Gastfreundlich seien sie alle gewesen, erzählte er. Er habe nicht einen Cent mitgenommen, sei dafür aber ständig eingeladen worden. Das ist natürlich klasse. Da kommt einer mit 'nem vollen Konto in ein Dritte-Welt-Land und lässt sich dort auch noch zum Futtern einladen. Das nenne ich mal ein gelungenes Beispiel für Entwicklungshilfe. Dieser Begriff meint heute scheinbar nichts anderes, als dass die Länder der »dritten« Welt den modernen Westeuropäer finanziell dabei unterstützen, im Urlaub zu sich selbst zu finden.

Die Frage ist: Kann man es ihm verübeln? Ist dieser absurde Schritt nicht immer noch besser, als gar nichts zu tun und mit dem Arsch auf der Couch zu bleiben? Womöglich schon, denn in Ansätzen lässt sich sein Vorhaben schon nachvollziehen. Wir ästhetisieren die Armut, um unser eigenes Gewissen zu entlasten – das schlechte Gewissen für unseren passiven Wohlstand, in den wir schlicht und einfach hineingeboren wurden. Wir wollen dort sein, und wir wollen zeigen: *Hey, ich kann gar nichts dafür, dass die Welt so ist, wie sie ist. Auch ich bin einer von euch. Auch ich möchte sagen können, dass ich ohne Geld und jegliche materiellen Güter glücklich sein kann. Gut, ich habe euch zwar weder was zu essen, geschweige denn sonstige nützliche Dinge mitgebracht, aber ihr solltet wissen, wenn einer von euch mal in Mettmann Urlaub macht, ich hab immer eine Matratze frei.*

Eine Woche später gewann Erich den Dokumentarfotografie-Wettbewerb von *Lettre International* für seine Schwarz-Weiß-Aufnahme eines abgemagerten kleinen Jungen, der im Schatten seiner Wellblechhütte sitzt und freundlich in die Kamera lächelt. Titel des Fotos: *Arm aber glücklich.* Bereits letztes Jahr hatte Erich mit seiner Analogfotografie *Homeless Man in Front of the Train-Station* am Wettstreit teilgenommen, aber leider nur den zweiten Platz belegt.

Nein, wirklich, Obdachlosigkeit ist sehr poetisch geworden. In Zeiten, in denen wir uns wieder zunehmend in Askese flüchten, Schutz suchen in Verzicht und Esoterik, da wird Obdachlosigkeit fast schon wieder erstrebenswert. Auf Erichs Fotografie des Obdachlosen ist im Hintergrund die Litfaßsäulen-Werbung für Jack Wolfskin zu sehen. *Jack Wolfskin – Draußen zuhause.*

Dass eine Unterhaltungsquizsendung wie *Wer wird Millionär?*, bei der Millionenbeträge an willkürliche Privatfernsehzuschauer verschenkt werden, überhaupt existiert, ist ja schon irgendwie traurig. Dass jemand dort Geld gewinnen möchte, um nach Indien zu reisen und mit der untersten Klasse Eisenbahn zu fahren – das ist fast schon

pervers. Aber so ist er, der moderne intellektuelle Europäer. *Jack Wolfskin – Draußen zuhause.*
Mittlerweile sind die Obdachlosen am Bahnhof auf gewinnbringende Ideen gekommen und haben angefangen, sie zu vermarkten. Absolute Win-win-Situation. Sie vermieten Liegeplätze an Quizsendungsgewinner und legen an ihren Plätzen Handtücher aus. Fünfzig Euro kostet eine Nacht an der frischen Luft direkt neben Gleis 2. Dann sitzt er da, der Fernsehzuschauer, und wird sich denken: *Mann, ist das geil. Die ganze Zeit saß ich mit meinen Tchibo-Pantoffeln zuhause vorm Kaminfeuer. Ich hab ja nicht geahnt, was ich verpasse.*

Neulich las ich auf Facebook von der Beobachtung eines Bekannten: Ich hab einen Obdachlosen in der U-Bahn getroffen, der hat Hermann Hesse zitiert. Episch.
Ja, unglaublich, habe ich mir da gedacht. Lesen kann er. Faszinierend.
Am Hamburger Bahnhof spielen sie bekanntlich über öffentliche Lautsprecheranlagen klassische Musik, um die Obdachlosen zu vertreiben. Was denen bei den städtischen Behörden allerdings nicht auffällt, ist, dass es stattdessen immer mehr werden. Scheint ihnen womöglich zu gefallen, die Musik. Sind wohl gar nicht so unkultiviert, wie man meint. Eventuell können sie sogar lesen. Am besten legen die Mitarbeiter im öffentlichen Dienst noch Bücher aus. Tucholsky, Kästner, Benn, Büchners Gesamtwerk. Oder sie könnten anfangen, Kunst auszustellen. Vielleicht bieten sie bald sogar VHS-Kurse an. »Hermann Hesse kreativ zitieren für Fortgeschrittene«.
Irgendwann kommt dann mal einer aus einer Quizsen-

dung, der dort eine Million Euro gewonnen hat und sich von einem Teil des Preisgelds erst einmal ein Bier und Drehtabak am Bahnhof kaufen will, um anschließend mit den Obdachlosen am Hamburger Hauptbahnhof zu residieren. Das wird passieren. »Ach, wissen sie«, wird er sagen, »eigentlich wollte ich nach Indien, um dort Eisenbahn zu fahren, aber hier ist die Musik einfach besser.«
Wirklich, es ist sehr schön dort, am Hamburger Hauptbahnhof. Es soll schon oft vorgekommen sein, dass Menschen sich beschwert haben, dass ihre Züge pünktlich fuhren. Manche von ihnen haben ihre Züge sogar absichtlich verpasst, nur um in Ruhe die *Mondscheinsonate* zu Ende hören zu können. Was kommt denn da als Nächstes? Bibliotheken?
Das Grundproblem liegt womöglich in der Annahme, dass der Poesie der Dinge oft eine gewisse Traurigkeit anhaften muss. Wenn eine rumänische Violinistin an einem verlassenen Fabrikgelände Paganini spielt, dann finden das viele Menschen poetisch. Wenn am Hafen ein alter Mann auf seinem Holzkahn Mundharmonika spielt, ist das poetisch. Wenn jetzt aber ein Karussellsprecher auf der Hückeswagener Dorfkirmes zwischendurch die *Pur-Partyhits* auflegt, dann kommt keiner und sagt, das sei poetisch. Zu Recht: Denn Partyhits sind nicht poetisch. Vielleicht sollte man Partyhit-Compilations am Bahnhof spielen. Dann denken all die Obdachlosen: Oh, nein, aufgesetzte Stimmung. Jetzt sind wir gar nicht mehr poetisch. Jetzt können wir gar nicht mehr Hesse zitieren.
Und plötzlich wären sie alle weg. Und dann könnte kein angehender Fotojournalist im vierten Semester mit Papas Analogkamera mehr Bilder von den Obdachlosen ma-

chen. »Zu Hülf!«, würden sie klagen. »Jetzt sind wir gar nicht mehr urbane Street-Art. Jetzt müssen wir Sangria aus Tetra-Packs trinken und Leute anpöbeln.«

Dann käme auch kein *Wer-wird-Millionär?*-Gewinner mehr. Schade, würde sich der Obdachlose denken, dabei habe ich sogar extra ein Buch geschrieben. Ganz im Stile Kerkelings. Nur ohne Jakobsweg. Es handelt von meinem Leben als Obdachloser und trägt den Titel *Ich bin dann mal da. Denn wo soll ich auch sonst sein, du Arschloch?!* Jetzt fragen Sie sich sicher, wo ich schreiben gelernt habe. Wissen Sie, das war das dritte Kapitel im VHS-Buch direkt nach »Hesse zitieren in der U-Bahn« und »Handarbeiten mit Kupfergeld für Anfänger«. Wissen Sie, ich weiß, dass ich den Menschen eine Inspiration bin, wenn ich in meinem Lumpengewand und mit dem Zottelbart anfange, Hesse zu zitieren. Tja, wissen Sie, mein Kumpel, der sitzt hinten und spielt Yann Tiersen auf dem Klavier, damit das Ganze noch ein wenig poetischer ist.

Tja, würde sich der Quizkandidat womöglich denken. Jetzt muss ich mir doch eine Yacht, einen beschissenen Pelzmantel oder einen Aschenbecher aus *Swarovski*-Kristallen kaufen. Wie ärgerlich.

Streng genommen ist das zwar genau so bescheuert, nur weniger demütigend für andere. Die Idylle der Armut. Die Poesie des Habe-Nichts. Schicken wir wieder mehr Menschen auf Entdeckungsreise, damit sie noch mehr Travel-Guides mit Titeln wie *Lonely Planet* auf den Buchmarkt positionieren dürfen, damit wohlhabende europäische Rucksacktouristen nach Afrika fahren können, um danach zu sagen: »Die waren dort so gastfreundlich, ich hab immer den größten Teller bekommen, ich

war bei den Ärmsten der Armen und wurde immer eingeladen.«
Die Frage ist, wie man mit solchen Entwicklungen umgehen kann. Nun, ich lache über diese Phänomene, während ich hier auf dem gemütlichen Sessel sitze, mein Geld für Bücher und Musik ausgebe, Geschichten wie diese schreibe und mich über solche Dinge aufrege. Besser ist das auch nicht.

Menschen! Menschen! Menschen!

Einer der häufig verkündeten Sätze der modernen Medienlandschaft lautet folgendermaßen: »Wir möchten Ihnen heute, sehr verehrter Zuschauer, diesen herausragenden Künstler vorstellen. Aber ausnahmsweise mal nicht in seiner Rolle als Schriftsteller, sondern als Mensch.« Dies ist eine der seltsamsten Phrasen, die mir in Polit-Talkshows und Jahresrückblick-Galas immer wieder begegnet.

»Heute in unserer Jubiläumssendung von *Menschen! Menschen! Menschen!* präsentieren wir Ihnen Hubert D., seines Zeichens erfolgreicher Schriftsteller, Intellektueller und einer der letzten wahren Universalgelehrten unserer Zeit. Aber jetzt erzählen Sie mal. So ganz privat. Was bewegt Sie denn da so?«

Was soll man darauf schon antworten?

»Nun, ich bin erfolgreich und schreibe geniale Bücher. Und, was soll ich machen? Ich bin steinreich und weiß nicht, wohin mit der Kohle. Na ja, Sie wissen schon. Yachten, Immobilien, Weltreisen, Kokain, guter Whisky. Auf Geschäftsreisen besuche ich auch gerne mal den thailändischen … ach, Sie wissen doch, was ich meine. Aber privat? Nun, hin und wieder adoptiere ich ein Kind aus Timbuktu, und wissen Sie, ich verbringe dann natürlich auch immer viel Zeit mit diesen Kindern. Geben ist doch immer noch das Schönste. Was kann ein schöneres Geschenk sein als das Lächeln eines Kindes? Gut, geschäftlich muss man manchmal ein Arschloch sein, klar. Aber privat? Delphinbabys find ich ja ganz süß. Hin und wieder spende ich ein wenig Kupfergeld an soziale Einrichtungen. Irgendwas mit Behinderten, oder so. Wohin denn auch sonst mit meinem unermesslichen Reichtum? Dass da letztlich tausend Kamerateams anwesend waren, da kann doch keiner was für. Gut, ich hatte die Journalisten zwar vorher angerufen, aber das spielt ja keine Rolle. Muss ja niemand wissen.«

»Nein«, wird man sagen. Und: »Hach, sehen Sie, er ist ja so Mensch geblieben.«

Ja, was denn sonst? Schläfst ein, wachst morgens wieder auf. Zack. Nilpferd. Einfach so. Pennen. Zack. Flussforelle. Schön, dass Sie Mensch geblieben sind und weiterhin völlig bewusst auf Kiemenatmung verzichten. Zwei Arme, zwei Beine, ein Kopp: Mensch. Toll. Ein Arschloch sind Sie trotzdem, aber Sie geben sich immerhin Mühe. Und wenigstens sind Sie völlig bewusst ein Arschloch. Und dann kommt mein Lieblingssatz, der noch einmal demonstriert, wie sehr man doch wirklich Mensch geblieben ist.

»Wissen Sie, nach all dem Schreiben, nach all den Jahren intellektuellen Schaffens ist es doch immer wieder ein Segen, ein wenig auf dem Bauernhof zu arbeiten. Die körperliche Arbeit, ich vermisse sie. Man kommt ja auch sonst zu nichts. Schön, wenn man seine Knochen mal wieder spürt. Dieses Gefühl, etwas getan zu haben, ein Segen, sag ich Ihnen.«

Ganz ehrlich. Ich finde das gut. Stimmt ja auch. Und wahrhaftig, das Ganze ist zudem eine prima Event-Idee. Man kann ja heute alles als Event verkaufen. Zeitarbeitsfirmen für Intellektuelle. Zum Runterkommen. Man muss auch mal abschalten nach all den Geniestreichen. Schön für vier Monate auf den Bauernhof oder auf die Baustelle und dann wieder vor die Schreibmaschine. Will ich aber mal sehen, was man da noch zustande bekommt.

Natürlich ist das alles in Ordnung. Man schadet ja schließlich niemandem. Man sollte nur aufpassen, dass man anderen Menschen gegenüber nicht zu herablassend gegenübertritt. Wie würden schließlich die Intellektuellen gucken, wenn so ein Handwerker daherkäme und ihnen ihren Job streitig machen wollte? »Hach, Eduard, was hab ich geackert. Maloche. Maloche. Maloche. Fünf Monate ohne Urlaub. Gedübelt und gebohrt. Zum Runterkommen übersetze ich jetzt erst mal *Die Kritik der reinen Vernunft* ins Hebräische.«

Da wären die doch sicher nicht erfreut drüber, oder? Ob er das überhaupt kann? Ist das Abstrahieren des Handwerkes Stärke? Weiß man nicht. Einige Intellektuelle zeichnen sich leider meist vor allem dadurch aus, dass sie gut reden können. Das ist immer wichtig. Sie müssen von nichts eine Ahnung haben, solange Sie so tun können, als ob. Ist ja auch nicht wirklich schwer heutzutage. Das Abitur bekommt man teilweise geschenkt und das Studium in vielen Fällen hinterhergeworfen. Das ist mein völliger Ernst. Ich kenne jemanden, der die prüfungsrelevanten Grundlagen seines gesamten Geschichtsstudiums aus *WAS IST WAS*-Büchern bezog. Was wird einem denn vornehmlich an der Universität beigebracht? Zitieren. Man lernt dort, fremde Meinungen zu filtern und den eigenen Standpunkt irgendwo dazwischen zu positionieren. Kein Witz. Die Intellektualisierung der Welt. Wie soll das denn auf so einer Baustelle bald aussehen? »Also, wir haben sieben Architekten, fünf Inneneinrichter, einen Solartechniker und drei Feng-Shui-Experten. Aber, Mist. Jemand muss dieses Haus erst einmal bauen.«

Und dann stehen sie plötzlich da wie begossene Pudel. »Bauen? Wie bauen? Das muss man doch erst einmal in der Theorie … Fürs Bauen haben wir doch die Türken. Wie, die studieren? Ja, dann wird's eng. Und die Polen? Die studieren auch? Hmm … Und wer baut denn nun? Ach, die, die immer als wertlos beschimpft werden? Die Ungebildeten? Ja, komm. Die müssen ja nur Steine aufeinanderlegen. Ach, und die Zeitarbeiter. Zeitarbeiter haben doch bekanntlich immer eine Mordsmotivation, wenn sie wissen, dass sie nächsten Monat wieder entlassen werden. Die bringen immer eine ganz große Tüte Spaß mit zur Arbeit.«

Verstehen Sie mich nicht falsch. Es ist gut, wenn Sie studieren. Bildung ist wichtig. Nur verwechseln Sie Bildung nicht mit Intelligenz. Jeder zweite Bauarbeiter könnte Universitätsprofessor werden – unter den richtigen Bedingungen. Aber nur jeder zweite Universitätsprofessor könnte Bauarbeiter werden. Sie sehen, da kam jetzt beide Male ›jeder zweite‹ drin vor, weshalb die Einschränkung überhaupt keinen Sinn ergibt. Aber es geht ums Prinzip. Es kommt doch auf die Umstände an. Sie können ja auch nichts dafür, dass Sie heute ein Arschloch sind, weil Sie jahrelang fürs Dummschwätzen Geld in den Hintern geschoben bekommen haben. Da wäre ja an Ihrer Stelle auch keiner hingegangen und hätte bemängelt: »Geld? Nö, brauch ich nicht.« Und wenn Sie zwischendurch mal dübeln wollen, dann dübeln Sie! Bitte sehr. Es ist Ihr gutes

Recht. So als Mensch. Lassen Sie sich einladen zu *Menschen! Menschen! Menschen!* und erzählen Sie vom Glück, Bretter nageln zu dürfen, und erwähnen Sie auch, dass es für Sie eine geradezu erquickende Freude ist.

Aber hören Sie auf, das ständig zu romantisieren. Das ist nicht schön. Schließlich geht kein Arbeiter morgens früh auf die Baustelle und denkt sich: *Was hab ich ein seltenes Glück. Mein lieber Herr Gesangsverein. Nur ich und die Baustelle. Gleicht mein Leben nicht einer einzigen Kirmes!?* Tut keiner. Ehrlich nicht. Wir müssen uns doch nicht wundern, wenn bald gar nichts mehr läuft. Wenn Sie immer allen Menschen erzählen, ohne Abitur und ohne Studium seien sie nichts wert.

Ich verstehe das nicht. Den Menschen in Handwerksberufen und in sozialen Bereichen erzählt man ständig, sie seien nur halbe Menschen. Aber wenn unsere sogenannte Bildungselite mal behauptet, dass sie einmal im Jahr zum Runterkommen ein wenig auf dem Bauernhof arbeitet, dann klatscht es gleich Beifall. »Wie schön, dass ausgerechnet Sie Mensch geblieben sind. So ehrlich und authentisch.« Man nimmt ihr die Nummer ja sogar noch ab. Und das freut mich wirklich sehr. Ist ja auch schön. So als Mensch.

O-Ton: Air Berlin, Catania–Düsseldorf …

Stewardess: »Sandwich? Wurst oder Käse?«
Passagier: »Gerne.«
Stewardess: »Wurst oder Käse?«
Passagier: »Ja.«
Stewardess: »Wurst oder Käse?«
Passagier: »Marmelade.«
Stewardess: »Haben wir nicht. Wurst oder Käse?«
Passagier: »Wenn es geht … beides.«
Stewardess: »Geht aber nicht. Sind abgezählt.«
Passagier: »Käsewurst.«
Stewardess: »Grmpf. Wurst ODER Käse?«
Passagier: »Äh. Dann Käse.«
Stewardess: »Käse ist aus. Wir haben nur noch Wurst.«
Passagier: »Dann nehme ich Wurst.«

Menschheit, ich liebe dich.

„ICH HABE EINE AXT."
?
KAKAPO (IM STRESS)